Der Schöpfer von Möglichkeiten

George Gibbs

Writat

Diese Ausgabe erschien im Jahr 2023

ISBN: 9789359256788

Herausgegeben von
Writat
E-Mail: info@writat.com

Inhalt

KAPITEL I

Es war zwei Uhr. Mr. Mortimer Crabb schob den Stuhl von seinem Frühstückstablett zurück und nahm träge die Morgenzeitung zur Hand. Er genoss den Ruf, in einem Schloss der Trägheit zu wohnen (was ihm Freude bereitete), und achtete besonders darauf, dass keine seiner Handlungen dies widerlegen sollte. Es gab Leute, die über seine Affektiertheit lächelten, denn er hatte ein Atelier über einem Stall in einer der Querstraßen weiter oben in der Stadt , wo er die meiste Zeit seines Lebens auf dem Rücken in seinem Sessel herumtrödelte. Das Alter schritt in Richtung Leichtathletik, und so war Mr. Crabb in der Öffentlichkeit zum Apostel und Hohepriester der Schlaffheit geworden. Er zog überheblich eine Augenbraue hoch, wenn es um Tennis ging, äußerte gedehnt seine Verunglimpfung von Polo und Schlägern und schreckte bei der bloßen Erwähnung von College-Football zurück. Aber diejenigen, die am höchsten in Crabbs Gunsten standen, wussten, dass es Abende gab, an denen er an eben diesem Schrein des Ästhetizismus professionelle Faustkämpfer traf , die gegen eine großzügige Vergütung ihr Können und ihre Körperkraft mit den seinen vergleichen ließen.

Auch im Gespräch war er kein gemeiner Gegenspieler. Denn Mr. Crabb hatte eine langsame und eher stockende Art, die bissigsten und witzigsten Bemerkungen zu machen, und einen Stil, der genau zu einem gelungenen Esstisch passte. Und als eine gesättigte Gesellschaft etwas Neues verlangte, wandten sie sich an Crabb und baten ihn um einen Vorschlag. Mrs. Ryersons Gainsborough-Ball, Jack Burrows bemerkenswertes Platzanweiserdinner und der Schoßhundtee auf Mrs. Jennings' Landsitz waren Fantasien des Geistes dieses verweichlichten Priesters John. Wenn man zu diesen bemerkenswerten Talenten noch eine Jacht und 150.000 pro Jahr hinzurechnet, ist es leicht zu erkennen, dass Mr. Mortimer Crabb selbst in New York eine bedeutende Persönlichkeit war.

Mr. Crabb überflog die Schlagzeilen der *Sun* , während McFee seine Stiefel zuschnürte. Doch sein Blick fiel auf einen Gegenstand, der dazu führte, dass er sich aufrichtete und sein Monokel fallen ließ.

"Hm!" murmelte er in einem seltsamen Ton. „Dicky Bowles kommt also nach Hause!"

Er warf einen erneuten Blick auf den Gegenstand und las stirnrunzelnd.

„Aufgrund der Notwendigkeit der sofortigen Abreise des zukünftigen Bräutigams nach Europa wird die Hochzeit von Miss Juliet Hazard, Tochter von Mr. Henry Hazard, mit Mr. Carl Geltman am Mittwoch, dem 20. Juni, statt im Oktober stattfinden Monat zuerst ausgewählt."

Crabbs Gesichtsausdruck hatte plötzlich eine verblüffende Veränderung erfahren, die in der platonischen Umgebung des Junggesellenclubs unbekannt war. Die Brauen zogen sich zusammen, der Unterkiefer ragte hervor, während die Füße, die wenige Augenblicke zuvor träge aus dem Ankleidezimmer hervorgekommen waren, plötzlich an den Impulsen teilnahmen, die den ganzen Körper beherrschten. Er erhob sich abrupt und drehte sich ein paar Mal schnell im Zimmer auf und ab.

"Also! Sie trauten sich nicht zu warten! Arme kleine Julie! Es sollte Besseres für sie bereithalten! Und Dicky wird erst am Donnerstagmorgen hier sein! Es ist zu offensichtlich – die Eile."

Er ließ sich auf seinen Stuhl fallen, nahm die Zeitung wieder in die Hand und las den Artikel noch einmal. 20. Juni! Und heute war Sonntag, der siebzehnte Juni! Geltman hatte nicht mehr Risiken eingegangen, als der Anstand erforderte. Crabb erinnerte sich an das katastrophale Ergebnis von Hazards Unternehmungen an der Wall Street, und es gab Gerüchte, dass die Firma Hazard and Company ohne Carl Geltman längst nicht mehr existiert hätte. Es war leicht, zwischen den Zeilen des Zeitungsabsatzes zu lesen. Zwischen dem Ruin des Vermögens ihres Vaters und ihres eigenen ließ Juliet Hazard aus Pflicht keine andere Wahl. Und hier war Dicky Bowles auf dem Ozean, der zurückkam, um sein Eigentum zu fordern. Es war ungeheuerlich.

Mr. Crabb legte die Zeitung beiseite und ging erneut auf und ab. Dann ging er zum Fenster und lächelte plötzlich auf die Dächer des Hansoms herab.

„Genau das Richtige", sagte er. „Genau das Richtige. Es ist auf jeden Fall einen Versuch wert. Jepson wird helfen. Und was für ein Spaß!" Und dann laut:

„McFee", rief er, „besorge mir einen Hansom."

Mr. Carl Geltman saß in seinem Büro aus abgeschrägter Eiche und lächelte zu einem Foto auf seinem Schreibtisch hinauf. Er war sich nichts bewusst als der dumpfen Ekstase, die seine üppige Gestalt erfüllte und ihn für alles außer der Betrachtung seiner bevorstehenden Hochzeit blind machte. Die eng zwischen seinen Westentaschen gespannte Uhrkette vermittelte irgendwie den Eindruck einer Anspannung unterdrückter Gefühle, die ihre Grenzen zu sprengen drohten. Sein rotes Gesicht strahlte Freude aus, und seine kurzen Finger streichelten seinen blonden Schnurrbart. Es fiel ihm schwer zu begreifen, dass alle seine Ambitionen auf einmal verwirklicht werden sollten. Mit Geld konnte man in New York natürlich fast alles kaufen, aber Mr. Geltman hatte kaum zu träumen gewagt. Bis er

Miss Hazard gesehen hatte, hatte er noch nie an eine Heirat gedacht. Nachdem er sie gesehen hatte , hatte er an nichts anderes gedacht.

Nachdem er bis spät in die Nacht in seinem Büro gearbeitet hatte, speiste Geltman in einem Zustand der Glückseligkeit allein in einem schicken Restaurant, zündete sich dann seine Zigarre an und ging zum Broadway, um vor dem Schlafengehen etwas Luft zu schnappen. Je früher er schlafen ging, desto früher würde sein Hochzeitstag anbrechen. Aber das grelle Licht der Lichter lenkte ihn ab, das Klingeln der Glocken passte nicht zu seiner Stimmung, also suchte er eine Seitenstraße und ging weiter in Richtung Fluss, wo er in Ruhe seinen Träumen nachgehen konnte, bis die eilige Durchgangsstraße weit hinter ihm lag.

Er hatte eine Stelle zwischen hohen Lagerhäusern oder Fabriken erreicht, als er spürte, wie ihn starke Arme von hinten packten, und bevor er aufschreien konnte, wurde ihm etwas Weiches in den Mund gesteckt, und er hatte ein schwaches Gefühl plötzlicher Dunkelheit, nicht allzu zarter Hände Er hob ihn in eine Kutsche, ein kurzer geflüsterter Befehl, eine hastige Fahrt, noch mehr Tragen, das Plätschern des Wassers und der Schiffsglocken, das Pochen der Paddel der Fähre, die Bewegung eines Bootes und die feuchte Nachtluft des Flusses durch seine Haut Abendkleidung.

Als Geltman seine Augen öffnete, fixierte er sie ziemlich matt auf den Decksbalken einer Jacht. Das daneben rauschende Wasser ließ schnelle Reflexionen über ihre polierten Oberflächen tanzen. Zuerst fiel ihm ein, dass er sich auf einem Ozeandampfer befand. War er verheiratet gewesen und war das –? Er hat sich umgesehen. Nein. Er war ein guter Seemann, aber das Schiff rollte und neigte sich auf eine Art und Weise, die für ihn ungewohnt war. Er richtete sich auf und versuchte, die zerstörten Überreste seiner Erinnerung wieder zusammenzusetzen. Er fühlte sich seltsam dumm und träge. Wie lange lag er schon in der Koje? Er bemerkte, dass er mit Pyjamas sehr ordentlich gekleidet war – sehr feine Pyjamas, die ebenfalls aus Seide waren, wie er selbst trug. Auf der lederbezogenen Bank gegenüber lagen ein Anzug aus sorgfältig gefalteten Flanellhemden, weiße Segeltuchschuhe, Strümpfe auf dem Deck und andere unbekannte Unterwäsche, die an Haken neben der Kabinentür hingen.

Er stand plötzlich auf, sein Geist versuchte dumpf, die Situation zu begreifen. Er taumelte zum Bullauge und blickte hinaus. Es war eine bernsteinfarbene und weiße Wildnis, die aus der Nähe ziemlich verwirrend und erschreckend war, denn Geltman war es gewohnt, aus der Sicherheit von fünfzig Fuß Freibord auf das Meer zu blicken. In der Ferne, wo die aufspringenden Wellenkämme auf die Linie des Himmels trafen, konnte er gerade noch das schwache Blau des Landes erkennen. Ein plötzlicher Schrecken erfasste ihn, er drehte sich um, rannte zur Kabinentür und versuchte, sie zu öffnen. Es war verschlossen. Er warf sich dagegen und schrie laut, aber seine Stimme ging im Rauschen von Wind und Wasser draußen verloren. Sein verzweifelter Blick fiel in diesem Moment auf einen Druckknopf neben der Koje. Er berührte es mit seinem Finger und wartete gespannt. Es gab keinen Ton. Er saß auf dem Rand der Koje und spürte, wie ein kalter Wind auf seine nackten Zehen wehte, und spürte einen dumpfen Schmerz in seinem Inneren, der verkündete, dass es an Essen oder Trinken oder an beidem mangelte. Er klingelte noch einmal und wiederholte sein Rufen. Einen Augenblick später ertönte das Geräusch eines Schlüssels im Schloss, die Tür öffnete sich und eine nüchterne, glattrasierte Person mit Messingknöpfen stand in der Tür.

„Haben Sie geklingelt, Sir?" sagte der Mann respektvoll.

„Das habe ich", sagte Geltman wütend.

„Ja, Sir", sagte der Mann. „Kann ich Ihnen etwas besorgen, Sir?"

„Kannst du mich erreichen –?" begann der verwirrte Geltman . „Gibt es etwas, was du mir *nicht* besorgen kannst? Hol mir etwas zu essen – meine eigene Kleidung – und hol mich – hol mich – da raus. Wo bin ich? Was mache ich hier?"

„Sie haben geschlafen, Sir", sagte der Mann unbeirrt. „Ich dachte, Sie möchten vielleicht nicht gestört werden."

Geltman sah sich erneut um, als wäre er nicht bereit, den Beweisen seiner Sinne Glauben zu schenken. Er sah, dass der Mann seine Hand auf der Tür behielt und ihn aufmerksam beäugte.

„Ich wurde unter Drogen gesetzt und shanghaied. Welches Boot ist das? Wo sind wir?"

„Wir sind auf See, Sir", sagte der Mann ruhig. „Vor Fire Island, glaube ich, Sir."

„Feuerinsel", rief er, „und das –" als die Erinnerung mit einem schrecklichen Ansturm zurückkam – „ welcher Tag ist heute?"

„Mittwoch, der 20. Juni", antwortete der Mann ruhig.

Geltman hob seine Hände zu den Decksbalken und sank auf die Koje, die kurz vor dem Zusammenbruch stand. Jetzt erinnerte er sich – es war sein Hochzeitstag!

KAPITEL II

Während der Nebel seiner Erinnerung immer noch schwer hing , hob er den Kopf zu dem Mann an der Tür der Hütte. Diese Person musterte ihn eher mitleidig und trat einen Schritt nach vorne in den Raum.

„Soll ich Ihnen etwas besorgen, Sir?" sagte er noch einmal.

Geltman sprang unsicher auf.

„Nein", rief er. „Ich werde hier rauskommen."

„Im Pyjama, Sir?" sagte der Mann vorwurfsvoll.

Geltman warf einen Blick auf das dünne Seidengewand.

„Ja – im Pyjama", rief er hitzig. Und mit einem Fluch schritt er an dem empörten Diener vorbei und eilte durch den Salon und den Nebenraum hinauf. Als er seinen Kopf und seine Schultern über das Deck hob, bemerkte er sofort einen kalten Wind, der scharf durch die Takelage sang. Ein Herr in einem zweireihigen Anzug und einer Segelmütze stand achtern und richtete ein Teleskop auf einen entfernten Schoner. An seiner Seite stand ein kleiner und sehr stämmiger Mann mit einem buschigen roten Bart und Messingknöpfen.

„Was hat diese Empörung zu bedeuten?" „, schrie er und wandte sich wild an den Mann mit der Segelmütze. „Sind Sie der Besitzer dieser Yacht?"

Der Herr senkte ruhig sein Teleskop, reichte es dem bärtigen Mann, drehte sich sanft zu der zerzausten Erscheinung um und betrachtete ihn von Kopf bis Fuß, während der sportliche Wind fröhlich Geltmans großzügige Figur zeichnete.

„Ich sage, alter Mann", sagte er lächelnd, „solltest du dir nicht besser ein paar Klamotten anziehen?"

„C-Kleidung sei--", plapperte Geltman . „Ich wurde unter Drogen gesetzt, entführt und shanghaied! Irgendjemand wird dafür schlau sein . Wer bist du? Was bedeutet das?"

Der wütende Brauer bot mit seinen wedelnden Armen, dem flatternden schmalen Gewand, seinem entzündeten Gesichtsausdruck und dem zerzausten Haar die wildeste Erscheinung, die man sich vorstellen kann. Der Mann mit der Segelmütze machte einen mitfühlenden Gesichtsausdruck und wechselte einen vielsagenden Blick mit dem rotbärtigen Mann.

„So", sagte er und hob protestierend die Hand, „wir sind alle Ihre Freunde hier an Bord. Es besteht überhaupt keine Gefahr für Sie, außer –" er lächelte über das Brauerkostüm – „ außer einer schlimmen Erkältung."

„Was bedeutet diese Empörung?" rief Geltman erneut. „Du wirst darunter leiden. Solange ich noch einen Dollar auf der Welt habe –"

„Das meinst du wirklich nicht so", sagte der Herr. „Geh jetzt nach unten, das ist ein guter Kerl, hol Frühstück und ein paar Klamotten."

„Nein, das werde ich nicht", sagte der Brauer in kühler Synkope. „Ich bin Carl Geltman von Henry Geltman and Company und möchte eine Erklärung für diesen Skandal."

Die beiden Männer wechselten einen weiteren Blick und der Rotbärtige tippte sich zweimal mit dem stumpfen Zeigefinger an die Stirn.

„Ich habe nicht die geringste Ahnung, wovon Sie reden, Herr Fehrenbach ", sagte der Mann mit der Segelmütze ruhig.

„ Fehrenbach !" rief der Brauer. „Mein Name ist nicht Fehrenbach !" Er hat geschrien. „Otto Fehrenbach ist auf der East Side. Ich bin im Westen. Mein Name ist Geltman , das sage ich dir!"

Der Mann in Blau blickte ernst auf den erstaunten Brauer herab und drückte auf eine Klingel an der Seite des Kabinendachfensters.

„Das war eines der Symptome, Weckerly", sagte er beiseite zu dem Mann mit dem roten Bart.

„Ja, Doktor", sagte der andere fragend. „Die Seeluft dürfte ihm sehr gut tun."

Geltman , jetzt verwirrt, schlaff und sehr beunruhigt, ließ sich zitternd von den beiden blauhemdigen Matrosen nach unten führen. Dort fand er den Steward in der Kabine mit einem Getränk und den blauen Flanellhemden und einen Jungen, der im Salon ein warmes Frühstück bereitstellte. Er zog sich an. Bei Tisch verspürte er einen Appetit, den auch sein aufgewühlter Geist nicht vermindern konnte. Heißer Kaffee und eine Zigarre rundeten seine Rehabilitation ab. Seine Situation wäre ein angenehmer Witz gewesen, wenn sie nicht so tragisch gewesen wäre. Er hatte genug gelernt, um das Gefühl zu haben, dass er machtlos war, dass ein schrecklicher Fehler passiert war und dass der einzige Ausweg aus der Schwierigkeit über die etwas verschlungenen und spärlich belebten Kanäle der Diplomatie führte.

Aber er ging mit neuem Selbstvertrauen an Deck. Es war noch früh. Wenn er seinen Gastgeber von seinem Fehler überzeugen konnte, blieb ihm noch Zeit, ans Ufer zu fliehen, wo der Telegraph alles in Ordnung bringen könnte. Der Mann mit der Segelmütze rauchte im Windschatten der Achterluke eine Pfeife.

„Würden Sie mir bitte Ihren Namen sagen?" begann der Brauer gezwungen.

„Bei allem guten Willen der Welt", sagte der andere und erhob sich. „Ich freue mich, dass es dir besser geht. Ich bin Doktor Norman Woolf aus New York, und das", deutete auf den rotbärtigen Mann, „ist Kapitän Weckerly von der *Pinta*. Kapitän Weckerly – Mr. Fehrenbach."

Geltman zuckte zusammen, als er den Namen wiederholte, aber er gab kein weiteres Zeichen.

„Würde es Ihnen etwas ausmachen", sagte der Brauer, „mir zu erzählen, wie ich an Bord Ihres Bootes gekommen bin?"

„Überhaupt nicht", sagte Woolf leichthin. „Sehen Sie, wenn ich auf der *Pinta fahre*, lege ich Wert darauf, alle Gedanken an meine Fälle hinter mir zu lassen. Aber manchmal verstoße ich gegen meine Regel, und als man mir von der Ihren erzählte, beschloss ich, Sie unter intimen und außergewöhnlichen Bedingungen zu studieren, und so –"

„Wirklich, ich kann nicht ganz folgen –"

„Und so musste ich dich zu der Yacht bringen, mit der ich gerade zu einem kleinen Ausflug zu den Azoren aufbrechen wollte."

„Die Azoren!"

Dr. Woolf lächelte den unglücklichen Brauer gütig an.

„Wissen Sie", fuhr er fort, „diese Fälle von Aphasie interessieren mich besonders. Es scheint so ein kleines Verrutschen der Zahnräder zu sein. Was steckt schließlich in einem Namen? Ihr Name ist alt und ehrenvoll. Die Fehrenbachs machen seit fünfzig Jahren Bier –"

„Das ist eine Lüge", schrie Geltman und sprang auf, da er sich nicht mehr zurückhalten konnte. „Es sind erst dreißig – und das Zeug ist nicht zum Trinken geeignet."

„Bitte seien Sie ruhig. Wussten Sie nicht, dass es Ihrem Geschäft schaden würde, wenn dies ins Ausland gelangen würde?"

„Mein Geschäft – das Geschäft von Geltman and Company –"

„Das Geschäft von Fehrenbach and Company", unterbrach Dr. Woolf streng.

Der unglückliche Brauer hatte Mühe, sich zu beherrschen. Er wusste, dass Wut ihm nichts nützen würde. Es blieb nur noch, geduldig zuzuhören. Er ließ sich wieder in seinen Korbstuhl fallen und richtete seinen nervösen Blick auf den fernen Horizont.

„Es ist eine Freude zu sehen, dass Sie zur Selbstbeherrschung fähig sind. Wenn Sie können, möchte ich Sie bitten, mir zu erzählen, wie Sie dazu gekommen sind, den Namen Geltman zu verwenden ."

Wie war es nur möglich, dass er den Namen Geltman benutzte !

„Was würden Sie sagen", fuhr der Doktor fort, ohne die Antwort abzuwarten, „wenn ich Ihnen sagen würde, dass ich Christoph Kolumbus war und dass Kapitän Weckerly hier Francisco Pizarro oder Hernandez Cortes war? Sie würden doch sagen, dass wir uns geirrt haben, oder? Natürlich würden Sie das tun. Wenn Sie sagen, dass Sie Geltman sind und wir wissen, dass Sie Fehrenbach sind –"

"Stoppen!" brüllte der unglückliche Brauer und sprang auf. „Halt, um Himmels willen, und lass mich aus diesem schwebenden Irrenhaus raus!"

"Beruhige dich!"

„Beruhige mich! Können Sie nicht erkennen, dass das Ganze ein schrecklicher Fehler ist? Du hast mich für jemand anderen gehalten. Gestern Abend, das sage ich Ihnen, wurde ich niedergeschlagen und unter Drogen gesetzt. Dann wurde ich zu einem Boot getragen und hierher gebracht. Schauen Sie in meine Kleidung, meine Taschentücher, meine Wäsche, Sie werden das Monogramm oder die Initialen CG sehen. Wird das nicht ausreichen, um Sie zufriedenzustellen?"

„Mein lieber Herr, ich versichere Ihnen, dass Sie in genau der Kleidung, die Sie jetzt tragen, an Bord gebracht wurden. Sogar die Mütze war auf deinem Kopf. Können Sie sich nicht erinnern, mit Kapitän Weckerly die Gangway heraufgekommen zu sein?" Und dann, halb laut und mit ängstlichen Blicken auf den Kapitän , der den Kopf schüttelte: „Er ist schlimmer, als ich angenommen habe."

Geltman hatte die Segelmütze abgenommen und dort waren, in der Bande, perforiert die Buchstaben „OF" zu sehen. Er durchsuchte seine Taschen und fand ein Taschentuch mit denselben Initialen. Dabei bemerkte er, dass die beiden Männer ihn mit einem Ausdruck neuen Interesses und Besorgnis ansahen . Sein Verstand war immer noch benebelt. Zum ersten Mal begann er wirklich an sich selbst und den Beweisen seiner verspäteten Erinnerung zu zweifeln. Er hatte nicht gehört, dass Otto Fehrenbach verrückt war. War es möglich, dass ihm, Geltman , doch ein schreckliches Unglück widerfahren war ? Dass ein Schlag, den er beim Fallen erlitten hatte, seine Meinung geändert hatte und dass seine Seele in den Körper des verhassten Fehrenbach gewandert war ? Und wenn ja, beschäftigte die Seele Fehrenbachs *seinen* Körper? Fehrenbach , der in *seinem* Büro sitzt, *sein* Geschäft mit den schäbigen Methoden der Fehrenbachs leitet, *seine Pferde* lenkt , und vielleicht – könnte es sein, dass er in diesem Moment an seiner Stelle Juliet Hazard heiratete? Der Gedanke daran machte ihn krank. Er war sich einigermaßen einer Wissenschaft bewusst, die sich mit diesen Dingen beschäftigte. Er hatte einmal die Geschichte eines Vorfalls dieser Art an einer deutschen Universität gelesen. Er betrachtete die Fremden vor ihm und erwiderte ihre geheimnisvollen Blicke. War er verrückt? Oder waren sie es? Oder waren sie alle zusammen verrückt? Er warf einen Blick nach oben auf die schwankenden Masten. Und die Yacht auch? War es real oder war es auch die Fantasie einer kranken Fantasie? Das *Fliegende Holländer* huschte spielerisch in seine Gedanken. Direkt vor der Kabine stand eine Gruppe Matrosen, die ihn ansahen und flüsterten. Es war unheimlich. Waren auch sie in demselben Zustand wie die anderen? Es könnte nicht sein. Das Schiff war echt. Geltman oder Fehrenbach – er selbst war real. Es muss jemanden geben an Bord des verfluchten Raumschiffs, der ihm zuhören und ihn verstehen würde. Verwirrt ging er vorwärts. Während er das tat, löste sich die Gruppe der Matrosen auf und jeder eilte einer selbstgewählten Aufgabe nach . Er ging zu einem Mann, der gerade ein Seil aufrollte.

„Ich sage, mein Mann", sagte er, „sind Sie aus New York?"

„Ja, Sir", sagte der Mann, aber er blickte über seine Schulter nach rechts und links, als suche er nach einem Fluchtweg.

Geltmans Bier getrunken ?"

Der Mann warf dem Brauer einen flüchtigen Blick zu, ließ dann seine Spule fallen und verschwand in der Vorraumluke.

Der Brauer beobachtete die sich zurückziehende Gestalt mit einiger Bestürzung. Er ging auf einen anderen Mann zu, der am Ofenrohr der Kombüse mit leuchtenden Arbeiten beschäftigt war. Aber der Mann sah ihn kommen und verschwand wie der andere. Ein alter Mann mit grauem Bart saß auf einer Kiste an der Leereling und nähte ein Paar Kniebundhosen. Er kaute Tabak und runzelte die Stirn, rührte sich aber nicht, als der Landmann näher kam.

„Ich sage, mein Mann", begann der Brauer erneut, „haben Sie jemals etwas von Geltmans Bier getrunken?"

Der alte Mann musterte ihn von Kopf bis Fuß, bevor er antwortete. Aber in seinem Gesicht war keine Angst zu sehen – nur Mitleid – nackt und unverhohlen.

„ Nein “, antwortete er und spuckte nach Lee. „ Für mich gibt es in New York kein Bier außer Otto Fehrenbachs . “

Geltman sah ihn einen Moment lang an und drehte sich dann verzweifelt nach achtern. Die Jacht war verhext und alle waren von ihr verzaubert.

KAPITEL III

„Es ist ein Glück, dass Ollie Farquhar dick ist", sagte Mortimer Crabb, als Geltman außer Hörweite war. „Es war ordentlich, Jepson, wunderschön ordentlich. Haben Sie jemals gesehen, dass Fische den Köder besser annehmen? Aber er wird gleich zu sich kommen."

Kapitän Jepson beobachtete den verwirrten Brauer. „Da wird er nicht viele Informationen bekommen", grinste er.

„Es kann jedoch nicht mehr lange dauern", sagte Crabb. „Wie weit ist es bis zur Küste?"

„Etwa eine Stunde, Sir."

„Nun, halten Sie sie auf Kurs, bis es acht Glocken läutet. Wenn er dann darauf besteht , rennen wir rein und landen ihn irgendwo am Strand."

"Jawohl, mein Herr."

„Jetzt ist es bald vorbei. Er kann erst morgen reinkommen und dann" – Crabb strahlte zufrieden – „ und dann ist es zu spät." Versteck dein Lächeln, Jepson. Er kommt zurück."

Selbst diese vollständige Indizienkette konnte der frischen Luft und dem Sonnenlicht nicht lange standhalten. In der breiten Fläche zwischen Daumen und Zeigefinger seiner rechten Hand Geltman bemerkte das Blau einiger jugendlicher Tätowierungen. Als er die vertrauten Buchstaben sah, überkamen ihn Zweifel. Er *war er* selbst. Daran bestand kein Zweifel. Als er wieder nach achtern ging , lächelte er triumphierend.

„Lassen Sie uns mit dem Unsinn aufhören, Dr. Woolf", knurrte er. „Sehen Sie sich das an", hielt er seine Hand vor Crabbs Augen. „Wenn ich Otto Fehrenbach bin, wie kommt es dann, dass die Buchstaben CG auf meiner Hand markiert sind?"

Crabb stand da, die Arme in die Seite gestemmt, und blickte ihm fest in die Augen.

„Also", sagte er ruhig, „du bist endlich wach!"

Er blickte Crabb und den Kapitän mit Augen an, die nichts sahen. Was er zu sagen und zu tun gedacht hatte, blieb unausgesprochen und ungetan. Ohne ein weiteres Wort zu sagen, taumelte er schwer auf dem Begleiter hin und her.

„In diesem Viertel wird es einen Hurrikan geben, Jepson, oder ich weiß nicht, was das Wetter angeht", lachte Crabb. „Wir rennen jetzt besser rein. Es gibt nicht viel Meer und der Wind weht ablandig. Wir landen ihn in

Quogue oder Westhampton. Halten Sie in der Zwischenzeit die Plane über dem Vorderboot , damit er den Namen nicht sehen kann. Wir werden den Auftritt nutzen. Wenn er versucht, über das Heck zu gucken, klatschen wir ihn in der Kabine. Es wird für mich mindestens fünf Jahre bedeuten, wenn er den Namen des *Blauen Flügels erfährt* . Also schauen Sie scharf, Jepson, und behalten Sie ihn im Auge."

„Keine Angst", sagte der Kapitän grinsend und ging vorwärts.

Crabb ging voller Jubel über das Deck. Er schaute auf seine Uhr. Drei Uhr! Wenn McFee seine Anweisungen befolgt hätte, wären Dicky Bowles und Juliet Hazard Mann und Frau. Er hatte seine Chancen gut eingeschätzt. Für Geltman war er Dr. Woolf. Für seine Mannschaft war er wie Mr. Crabb, der einen unglücklichen Verwandten zur Ausstrahlung brachte; Für Dicky Bowles war er der Retter verlassener Mädchen und der Trumpf guter Kerle.

Crabb war voll und ganz darauf vorbereitet, die Schurkerei bis zum Ende durchzuhalten. Er war sich einer Sache sicher: Je früher sein Gast den *Blue Wing* verließ und sicher landete, desto besser.

Geltman schließlich mit dem wachsamen Weckerly auf den Fersen an Deck kam, bemerkte Crabb mit einzigartiger Befriedigung den verhaltenen Ausdruck auf dem Gesicht des Brauers.

„Ich gehe bitte an Land", sagte er leise.

Crabb wirkte enttäuscht und überrascht.

"Hier? Jetzt?" er sagte. „Wir sind ziemlich weit unten an der Küste. Das ist Quogue da drin. Ich kann nicht unbedingt nach New York zurücklaufen, aber –"

„Bringen Sie mich an Land, Sir", sagte Geltman schmollend.

Als das Gig heruntergelassen wurde, neigte Crabb den Brauer über die Bordwand,   seine   Abendkleider   waren   in   einem   Papierpaket zusammengebunden.

„Auf Wiedersehen", sagte Crabb. „Wenn Sie mit den Waschlappen fertig sind, Herr Geltman , schicken Sie sie nach Fehrenbach ."

Aber Geltman hatte keine Antwort. Er hatte die Arme verschränkt und blickte starr zum Ufer. Den letzten Blick, den Crabb von ihm erhaschte, war, als die *Blue Wing* vor der Küste abfuhr und er im Schein der untergehenden Sonne wild gestikulierend am Strand zurückblieb.

Als die Gestalt nur noch ein winziger Fleck in der Ferne war, wandte sich Mortimer Crabb ab und warf sich müde in seinen Korbstuhl.

„Wohin jetzt, Sir?" fragte Jepson.

„Oh, wo immer du willst."

„Sandy Hook, Sir?"

„Oh ja", seufzte er, „gehen Sie dort genauso gut hin wie anderswo auch."
New York, Jepson."

Armer Krabbe! In vierundzwanzig Stunden war er eher gelangweilt als je
zuvor. Der Anblick der freudigen Gesichter von Dicky Bowles und seiner
Braut hatte etwas dazu beigetragen, die Langeweile des *Lebens zu* lindern, aber
er wusste, dass ihre Freude von ihnen selbst und nicht von ihm galt, und so
schenkte er ihnen ein „Gott segne euch" und seinen Landsitz auf Long Island
für ein paar Flitterwochen. Er hatte sogar die Anmaßung gehabt, ihnen den
Blue Wing anzubieten , aber Dicky, dessen neue Aufgaben eine Ader der
Besonnenheit entwickelt hatten, lehnte dies rundheraus ab. Crabb zuckte mit
den Schultern.

„Machen Sie es sich", lachte er. „Es gehört dir, wenn du es willst."

„Und Geltman soll Sie ins Gefängnis stecken?"

„Oh, *er* wird mich nicht belästigen."

"Woher weißt du das?"

„Ich habe einige Nachforschungen angestellt. Er hat das Ding fallen
lassen."

"Bist du sicher?"

"Oh ja. Er ist nicht so dickhäutig, wie er aussieht. Diese Geschichte würde
gedruckt nicht gut aussehen, wissen Sie."

Mit einem Ausbruch der Freundschaft warf Dicky seine Arme um Crabbs
Schultern und umarmte ihn fest.

„Ich werde es nie vergessen, Mort, niemals! Du bist das Salz der Erde –"

„Na, da, Dicky. Salz sollte in kleinen Mengen und nicht löffelweise
eingenommen werden, und Sie haben meine Krawatte durcheinander
gebracht! Verschwinde mit dir und komm nicht zurück, bis die Ehe dich zu
einem richtigen Gefühl für deine neue Verantwortung gegenüber deinem
Schöpfer ernüchtert hat."

Vom Fenster seiner Wohnung aus beobachtete Crabb, wie Dickys Taxi
die Allee hinauf in Richtung der bescheidenen Pension fuhr, in der die
wartende Braut untergebracht war. Dann drehte er sich mit einem schweren

Seufzer um und klingelte nach McFee. Eine solche Liebe erreicht die Reichen nie. Er, Mortimer Crabb, war kein fühlendes Wesen, sondern nur ein Hab und Gut, ein belebtes Bankkonto, auf das gestalterische Matronen neidische Blicke warfen und für das ehrgeizige Töchter ihre hübschen Fallen legten. Nein, solche Liebe war nichts für ihn – und würde es auch nie sein, so schien es.

Nachdem die Toilette fertig war, schlenderte Crabb hinaus, um frische Luft zu schnappen, und fragte sich, wie er es oft tat, wie die Menschen auf der Straße sich mit einem Lächeln durchs Leben schlängeln konnten, während er –

Ein Fuhrmann fuhr vorbei, bog knapp dahinter ab und hielt neben ihm am Bordstein, und eine Stimme sprach ihn an.

„Crabb! Mortimer Crabb! Bei allem Glück!"

„Ross Burnett!" sagte Crabb gerne. „Ich dachte, du wärst tot. Bist du vom Himmel gefallen, Mann?"

„Nein", lachte Ross, „bisher nicht, nur aus China."

nahegelegenen Junggesellenclub , wo sie bei einem geselligen Glas die losen Enden ihrer Freundschaft zusammenbrachten. Crabb hörte mit neuem Interesse zu, als sein alter Freund ihm erzählte, was in den fünf Jahren seit ihrem letzten Treffen geschehen war, und erinnerte sich Stück für Stück an die unglücklichen Ereignisse, die zu seiner Abreise aus New York geführt hatten, und Burnett, freute sich über offene Ohren und probte es für ihn ein.

Der Junge hatte sein Vermögen an der Wall Street verschwendet. Dann erhielt er durch die Gnade eines der Senatoren aus New York vom Präsidenten eine Ernennung zum Konsularbeamten, ein Amt, das, wenn es im Inland nur wenig bezahlt wurde, eine gewisse Würde, ein wenig Autorität und gewisse nennenswerte Vergünstigungen im Ausland mit sich brachte Häfen.

Er hatte klug gewählt. In Kairo, wohin er entsandt worden war, um eine vorübergehende Stelle zu besetzen, die durch den Tod des Generalkonsuls und die anschließende Krankheit seines Stellvertreters entstanden war, fand er sich plötzlich in der höchsten Geschäftslage als Leiter des Konsularbüros wieder, wobei diplomatische Funktionen beides erforderten Einfallsreichtum und Diskretion.

Schließlich war es ganz einfach. Das Geschäft eines Konsulats war ein Kinderspiel, und die üblichen Phasen im Leben eines Diplomaten mussten unbedingt durch die Gepflogenheiten der Vornehmheit bewältigt werden – eine Eigenschaft, die Burnett herausfand, dass sie die politischen Herren, die im Ausland auf Posten saßen, nicht allzu sehr besaßen Ehre, die große Republik zu repräsentieren.

Er glaubte, dass er glücklich wäre, wenn er einen noch so kleinen Posten mit Vollmachten bekäme. Aber leider! Er war so lange von zu Hause weg gewesen, dass er nicht einmal wusste, ob sein Senator tot oder lebendig war, und als er etwa einen Monat nach der Amtseinführung in Washington ankam, wurde ihm klar, wie gering seine Chancen auf eine Bevorzugung waren.

Der Präsident und der Außenminister wurden täglich von mächtigen Politikern belagert, und einer nach dem anderen wurden die begehrten Posten, selbst die kleinsten, von Herren in Gehrocken, weichen Hüten und wallenden Krawatten eingenommen, die er beim Faulenzen und Kauen beobachtet hatte Tabak in der Lobby des Willard Hotels. Bei solchen Personen hatte offenbar die Macht Vorrang. Seine rosaroten Träume verschwanden. Ross Burnett war mit zwölfhundert Dollar pro Jahr wieder nur ein Arbeiter des Außenministeriums!

Er erzählte Crabb, dass er verzweifelt mit dem Chef des diplomatischen Büros gesprochen habe.

„Gibt es keine Möglichkeit, Crowthers?" er hatte gefragt. „Kann ein Kerl nie noch höher kommen?"

„Wenn er Lust hätte, könnte er es tun – aber ein Konsularbeamter –" Crowthers Kopfschütteln war beredt.

„Könnte ein Bursche – selbst ein Konsularbeamter – nichts tun, um in diesem Dienst befördert zu werden?" er machte weiter.

Crowthers hatte ihn fragend angesehen.

„Ja, da ist eine Sache. Wenn Sie das könnten, könnten Sie den Sekretär um alles bitten, was Sie wollen."

"Und das--"

„Besorgen Sie sich den Vertragstext zwischen Deutschland und China von Baron Arnim."

Crowthers hatte gelacht. Auch Crabb lachte. Er hielt es für einen sehr guten Witz. Baron Arnim war der Sondergesandte Deutschlands in China gewesen, akkreditiert am Hof des östlichen Potentaten mit der besonderen Aufgabe, einen neuen und geheimen Vertrag zwischen diesen Monarchen auszuarbeiten. Er kehrte nun mit einer Kopie dieses Dokuments im Gepäck nach Hause zurück.

Burnett hatte gelacht. Es *war* ein guter Witz.

„Du schickst mich besser noch einmal raus", hatte Burnett hoffnungslos gesagt. „Alles von Arakan bis Sansibar reicht für mich."

Crabb hörte sich die Geschichte mit neuer Anerkennung an.

„Du warst also doch in der Welt unterwegs und hast etwas unternommen?" Er sagte träge: „Während wir – *eheu jam satis !* "– haben uns mit dem Abgestandenen und Unrentablen übersättigt. Wie ich dich beneide!"

Burnett rauchte schweigend. Aus der komfortablen Perspektive von hundertfünfzigtausend im Jahr war es sehr leicht, ihn zu beneiden.

„Wenn du wüsstest, wie sehr ich es satt habe", seufzte Crabb, „dann würdest du deinen Sternen für die glückliche Gabe danken, die dich davon befreit hat." Rasselas hatte recht. Ich verfolge seit dreißig Jahren die Phantome der Hoffnung und bin immer noch hoffnungslos. Es gab ein paar Lichtblicke" – Crabb lächelte über die Asche seiner Zigarre – „ sehr wenige und weit auseinander."

„Gelangweilt wie immer, Crabb?"

„Unnachgiebig. Mitten im Geschehen zu leben und nichts zu sehen als die blassen Eintönungen und Grautöne. Nirgendwo Rot. Oh, für eine Leidenschaft, die brennen und versengen würde – Liebe, Hass, Angst! Ich werde sie alle für immer umwerben. Und hier bin ich immer noch kühl, farblos und ohne Narben. Nur einmal" – seine grauen Augen leuchteten wunderbar – „ nur einmal habe ich die wahre Beziehung zwischen Leben und Tod erfahren, Burnett; nur einmal. Damals kämpfte die *Blue Wing* sechs Tage lang in einem Hurrikan mit Hatteras unter ihrem Lee. Es war herrlich. Sie mögen über Liebe und Hass reden, wie sie wollen; Angst, sage ich euch, ist der Titan der Leidenschaften."

Burnett war über diese Entlarvung überrascht.

„Du solltest es mit Großwild versuchen", sagte er nachlässig.

„Das habe ich", sagte der andere; „Sowohl Tiere als auch Menschen – und hier bin ich in Flanellhemden und einer roten Krawatte! Ich habe dem einen die Haut abgezogen und bin vom anderen abgehäutet worden – zu welchem Zweck?"

„Man hat Erfahrung gekauft."

„Günstig um jeden Preis. Angst kann man nicht kaufen. Liebe gibt es in verschiedenen Varianten zu Marktpreisen. Hass kann man für ein Lied kaufen; Aber Angst, echt und erstaunlich, ist von unschätzbarem Wert – ein Juwel, das nur die Gelegenheit bieten kann; und wie selten klopft eine Gelegenheit an die Tür eines Mannes!"

„Crabb das Original – das Esoterische!“

"Ja. Das gleiche. Genau das Gleiche. Und du, wie anders! Wie nüchtern und rund!"

Auf beiden Seiten herrschte Stille, Nachdenklichkeit und Rückblick. Crabb hat es kaputt gemacht.

„Erzähl mir, alter Mann“, sagte er, „von deiner Position.“ Gibt es keine Chance?“

Burnett lächelte ein wenig bitter.

„Ich arbeite als Konsularbeamter und verdiene zwölfhundert Dollar im Jahr, wenn ich mich gut benehme. Wenn ich das gesagt habe, habe ich alles gesagt.“

„Aber deine Zukunft?“

„Ich bin nicht in der Beförderungslinie.“

"Unmöglich! Politik?"

"Genau. Ich habe keine nennenswerte Anziehungskraft.“

„Aber Ihr Dienst?“

„Dafür wurde ich bezahlt.“

„Gibt es keinen anderen Weg?“

„Oh ja“, lachte Burnett, „dieser Vertrag. Als ich dort draußen war, wusste ich zufällig etwas darüber. Es geht um Neutralität, Handelshäfen und Kohlestationen; Aber was genau, das weiß nur der Teufel, und sein Stellvertreter, Baron Arnim, verrät es nicht. Arnim ist jetzt in Washington, angeblich um Sehenswürdigkeiten zu besichtigen, in Wirklichkeit aber, um mit Von Schlichter , dem dortigen Botschafter, darüber zu sprechen. Sehen Sie, wir sind in die Ostfrage viel tiefer eingestiegen, als uns lieb ist, und die Kenntnis der Haltung Deutschlands ist für uns immens wichtig.“

„Bitte machen Sie weiter“, sagte Crabb gedehnt.

„Das ist alles, was es gibt. Der Rest war ein Witz. Crowthers möchte, dass ich den Text dieses Vertrags aus Baron Arnims Postfach hole.“

"Unterhaltsam!" sagte Crabb mit getrübter Stirn. Und dann, nach einer Pause, mit aller Ernsthaftigkeit: „Und wirst du das nicht tun?“

Burnett drehte sich um und sah ihn überrascht an.

"Was?"

"Bekomme es. Der Vertrag."

"Der Vertrag! Von Baron Arnim! Du verstehst nicht viel von Diplomatie, Crabb."

„Sie haben mich missverstanden", sagte er kühl; und dann mit gesenkter Stimme:

„Nicht von Baron Arnim – aus Baron Arnims Postfach."

Burnett betrachtete seinen Bekannten wie durch ein Labyrinth. Früher galt Crabb als Mysterium. Er war jetzt ein Rätsel.

„Sicherlich machen Sie Witze."

"Warum? Es sollte nicht schwierig sein."

Burnett blickte sich ängstlich im Raum um und blickte ihre entfernten Nachbarn an. „Aber es ist Einbruch. Schlimmer als das. Wenn bei meiner Verbindung mit dem Außenministerium entdeckt würde, dass ich die Papiere einer ausländischen Regierung manipuliert habe, würde das zu endlosen Komplikationen und möglicherweise zur Unterbrechung der diplomatischen Beziehungen führen. So etwas ist unmöglich. Gerade ihre Unmöglichkeit war das Einzige, was Crowthers zu seinem Vorschlag veranlasste. Kannst du das nicht verstehen?"

Crabb streichelte sein Kinn und betrachtete seinen wohlgeformten Stiefel.

„Gib zu, dass es unmöglich ist", sagte er ruhig. „Glauben Sie, dass sich Ihr Zustand verbessern würde, wenn es Ihnen zufällig möglich wäre, dem Außenminister diese Informationen zu übermitteln?"

„Was nützt das, Crabb?" begann Burnett.

„Es kann nicht schaden, mir zu antworten."

„Nun ja, das nehme ich an. Wenn wir nicht sofort in den Krieg mit Kaiser Wilhelm gestürzt würden."

"Oh!" Crabb war tief in Gedanken versunken. Es dauerte mehrere Augenblicke, bis er fortfuhr, und dann, als würde er das Thema abtun.

„Was sind deine Pläne, Ross? Haben Sie eine Woche Zeit? Wie wäre es mit einer Kreuzfahrt auf dem *Blue Wing*? Es gibt vieles, von dem ich weiß, dass Sie es nicht tun, und vieles, von dem Sie wissen, dass ich es gerne tun würde. Ich bringe dich nach Washington, wenn dir langweilig ist. Was sagen Sie?"

Ross Burnett nahm die Anfrage bereitwillig an. Er erinnerte sich an die Abendessen von *Blue Wing*, Jepson und Valentin. Er hatte sich schon oft danach gesehnt, als er in Gabris kleinem Restaurant in Genua Spaghetti aß.

Als sie sich trennten, war Burnett sich bewusst, dass die Affäre mit Baron Arnim nicht abgetan worden war. Der bloße Gedanke war Wahnsinn. War das nur ein kleiner Scherz von Crabb? Wenn nicht, welcher wilde Plan war ihm in den Sinn gekommen? Es war anders als der Mortimer Crabb, an den er sich erinnerte.

Und doch war unter seiner ruhigen Oberfläche eine tiefere Strömung geflossen, die einen Hinweis auf verzweifelte Absicht vermittelte, die nicht zu erklären war. Und wie grenzenlos wären die Möglichkeiten, wenn ein Plan entwickelt werden könnte, mit dem die Informationen ohne Gewaltmaßnahmen beschafft werden könnten! Für ihn bedeutete das zumindest einen Posten irgendwo an der Spitze oder vielleicht eine Stelle als Sekretär in einer der großen Kommissionen.

Den Gedanken an einen Einbruch, ob eklatant und schändlich, verwarf er sofort. Gäbe es nicht eine Möglichkeit – einen unvorsichtigen Moment – einen treulosen Diener –, der Sache den Aspekt einer möglichen Errungenschaft zu verleihen? Während er sich anzog , dachte er ernsthafter über die Sache nach, als sie verdiente.

KAPITEL IV

Eine Woche war vergangen, seit sich die beiden Freunde kennengelernt hatten, und der *Blue Wing* lag jetzt im Potomac in der Nähe des Kais in der Seventh Street. Es war Nacht und die Männer hatten gegessen.

Valentins Abendessen waren eine besondere Leistung. Sie waren von der Art, die die Annahme eines besonderen Paradieses für Köche schlüssig machte. Nach einem Kaffee und einer Zigarre, die alles vervollständigte, wählte Mortimer Crabb seinen psychologischen Moment.

„Burnett", sagte er, „Sie müssen diesen Vertrag sehen und ihn kopieren."

Burnett sah ihn direkt an. Crabbs Blick wankte nie.

„ Also *hast* du es ernst gemeint?" sagte Burnett.

"Jedes Wort. Du musst es haben. Ich werde helfen."

"Es ist hoffnungslos."

"Vielleicht. Aber das Spiel ist es wert."

„Ein Bestechungsgeld für einen Diener?"

"Überlass das mir. Komm, komm, Ross, es ist die Chance deines Lebens. Arnim, Von Schlichter und alle anderen speisen heute Abend in der britischen Botschaft. Anschließend gibt es einen Ball. Sie werden erst spät zurückkommen. Wir müssen in Arnims Zimmer in der deutschen Botschaft gelangen. Diese Räume befinden sich auf der Rückseite des Hauses. Es gibt einen Regenauslauf und ein Hintergebäude. Du kannst klettern?"

"Heute Abend?" Burnett keuchte. „Haben Sie diese Dinge heute herausgefunden?"

„Seit ich dich verlassen habe. Ich habe Denton Thorpe in der britischen Botschaft gesehen."

„Und du warst dir so sicher, dass ich zustimmen würde! Glaubst du nicht, alter Mann –"

„Hör auf, Burnett! Ich lasse mich nicht so leicht täuschen. Du hast kein Glück; das ist klar. Aber du bist nicht geschlagen. Jedem Mann, der es schafft, den Markt bis auf den letzten Tausender zu besiegen, wie Sie es getan haben, mangelt es nicht an Sand. Das Ende ist kein unedles. Sie erweisen der Verwaltung einen Gefallen – und sich selbst. Warum, wie kannst du innehalten?"

Burnett blickte sich um und betrachtete die vertrauten Einrichtungen des Salons, die in die Holztäfelung eingelassenen Braun-Drucke, die fliegende Krickente im Azurblau über der Täfelung, seinen makellosen Gastgeber und sein eigenes konventionelles Schwarz. Sollte dies tatsächlich der Schauplatz einer machiavellistischen Verschwörung sein?

Crabb stand vom Tisch auf und öffnete die Türen eines großen Spinds unter dem Begleiter. Burnett beobachtete ihn neugierig.

Ein Kleidungsstück nach dem anderen zog er im Schein der Kabinenlampe auf das Deck hinaus; Schuhe, Hüte und Mützen, Mäntel und Kleidung in allen Größen und Formen, vom geflochtenen Grau des Coster bis zum Samt und der Schärpe des Niçois .

Er wählte einen weichen Hut und eine Mütze sowie zwei lange, zerschlissene Mäntel mit antikem Schnitt und Stil aus und warf sie über die Rückenlehne eines Stuhls. Dann ging er in seine Kabine, holte eine große quadratische Blechdose heraus und stellte sie auf den Tisch.

Er wickelte sich zunächst ein Taschentuch um den Hals, setzte sich dann bewusst vor die Schachtel, öffnete den Deckel und holte ein Tablett voller Schminkstifte heraus. Diese legte er beiseite, während er aus den tieferen Nischen Schnurrbärte, Schnurrhaare und Bärte aller Formen und Teints hervorholte . Er arbeitete schnell und schweigend und beobachtete sein sich veränderndes Bild in dem kleinen Spiegel im Kastendeckel.

Fasziniert folgte Burnett seinen geschickten Fingern, die sich hin und her bewegten, hier malten, dort schattierten, nicht so, wie es der Schauspieler bei einem Effekt durch Kalzium tut, sondern vorsichtig, feinfühlig, mit der Geschicklichkeit des Kunstanatomen, der die Knochenstruktur kennt des Gesichts und die Anziehungskraft der alternden Muskeln.

In zwanzig Minuten war Mortimer Crabb um ebenso viele Jahre gealtert und hatte jetzt das Aussehen eines zottigen Rums. Der lange Mantel, der weiche Hut und das grobe Kopftuch vervollständigten den Charakter. Das Fieber des Abenteuers war in Burnetts Adern gestiegen. Mit einer rücksichtslosen Geste der endgültigen Entschlossenheit sprang er auf.

„Gib mir meinen Teil!" er rief aus. „Ich werde es spielen!"

Der alte, gemäßigte Mann lächelte zustimmend. "Guter Typ!" er sagte. „Ich dachte, du wärst bereit. Wenn du nicht da gewesen wärst, wäre ich alleine gegangen. Es ist ein Glück, dass du glatt rasiert bist. Komm und lass dich verklären."

Und während er schnell an Burnetts Gesicht arbeitete , vervollständigte er die Einzelheiten seines Plans. Wie ein guter General plante Crabb seine Pläne sowohl zum Scheitern als auch zum Erfolg.

Sie würden ihre Verkleidungen über ihrer Abendgarderobe tragen. Wenn dann das Schlimmste käme, würden Vaseline und ein Abwischen der Kopftücher schnell alle Schuldzeichen von ihren Gesichtern entfernen, sie könnten ihre Fetzen ablegen und wieder das Gewand der Konvention annehmen.

Ross Burnett war schließlich dunkelhäutig und hatte einen dunklen Schnurrbart, ihm fehlten nur noch die Ringe an den Ohren, um ihn selbst als den alten Gabri darzustellen . Er war sich der Möglichkeiten des Abenteuers völlig bewusst. Welche Bedenken er auch gehabt hatte, sie wurden durch den unbekümmerten Optimismus seines Begleiters schnell zerstreut.

Crabb griff nach der Brandykaraffe.

„Ein Getränk", sagte er, „und wir müssen los."

Die Nacht war dick. Der Nebel, der sich seit Sonnenuntergang gebildet hatte, verwandelte sich nun in einen sanften Nieselregen. Crabb, die Hände in den Taschen und die Schultern gebeugt, ging mit schnellem und schlurfendem Gang die Straße hinauf.

„Wir können hier weder die Autos noch ein Taxi riskieren", murmelte Crabb. „Wir könnten es tun, aber das Risiko ist es nicht wert. Kannst du laufen? Es sind nicht mehr als drei Meilen."

Es war nach ein Uhr, als sie Highland Terrace erreichten. Ohne anzuhalten untersuchten sie die deutsche Botschaft aus der Ferne von der gegenüberliegenden Seite der Massachusetts Avenue aus. Unter der *Porte-Cochère* flackerte schwach eine Gaslampe . Weit oben im schrägen Dach schimmerte ein weiteres Licht. Crabb ging voran und in die hintere Gasse. Es war lang, schlecht beleuchtet und erstreckte sich über die gesamte Länge des Blocks.

„Ich habe heute Nachmittag von einem Immobilienmakler die Einzelheiten im Stadtplan erhalten. Er denkt, ich kaufe nebenan ein. Ich wollte besonders auf die Gassen und Hintereingänge achten." Crabb kicherte.

Burnett blickte an der Rückseite der Häuserreihe in der N Street entlang. Sie waren alle so stur wie Sphinxen. Mehrere Lichter in großen Abständen brannten schwach. Die Nacht war für die Jahreszeit kühl und alle Fenster waren heruntergelassen. Der Anlass war günstig. Die Rückseite der Botschaft war dunkel, bis auf ein schwaches Licht in einem Fenster im zweiten Stock.

„Das sollte Arnims Zimmer sein", sagte Crabb.

Er versuchte es durch das Hintertor. Es war entsperrt. Lautlos traten sie ein und schlossen es hinter sich. Es gab einen Regenstrahl, den Crabb hoffnungsvoll beäugte; Doch größeres Glück fanden sie in Form einer zehn Meter langen Leiter entlang des Zauns.

„Eine positive Einladung", flüsterte Crabb freudig. „Hier, Ross; im Schatten. Sobald Sie auf der Rückseite des Gebäudes sind, ist die Tat erledigt. Ruhe jetzt. Du hältst es und ich gehe hinauf."

Burnett gab nicht nach. Aber seine Hände waren kalt und er zitterte von Kopf bis Fuß vor Aufregung. Er konnte nicht umhin, Crabbs Gelassenheit zu bewundern, als er entschlossen die Sprossen hinaufstieg.

Er sah, wie er das Dach erreichte und sich über die Mauerkrone zog, und einen Augenblick später hatte sich Burnett, weniger lautlos, aber sicher, zu seinem Mitkriminellen am Fenster gesellt. Dort warteten sie einen Moment und lauschten. Ein Taxi fuhr ratternd die Fifteenth Street entlang, und als Antwort ertönten die Gongs an der Autoschlange, aber das war alles.

Crabb stand heimlich auf und spähte durch das erleuchtete Fenster. Es war eine Studie. Das Licht kam von einer Lampe mit grünem Schirm. Unter seinem Schein auf dem Schreibtisch lagen Karten und Dokumente in Hülle und Fülle. Und in der Ecke konnte er die Umrisse einer eisenbeschlagenen Truhe oder Kiste erkennen. Sie hatten keinen Fehler gemacht. Sofern er nicht im Besitz von Schlichter war, würde er hier zu finden sein.

„In Ordnung", flüsterte Crabb. „Außerdem ein altmodisches Vorhängeschloss."

Crabb probierte es mit dem Fenster. Es war verschlossen. Er holte etwas aus einer seiner Manteltaschen und griff bis zur Mitte der Schärpe. Es gab ein Geräusch wie das schnelle Scheren von Leinen, das das Blut zurück in Burnetts Herz schickte. In der stillen Nacht schien es vielfältig aus den Gebäudeflügeln gegenüber zu kommen. Sie machten erneut eine Pause. Ein leichtes Knistern von zerbrochenem Glas, und Crabbs lange Finger griffen durch das Loch und drehten den Verschluss. Einen Augenblick später waren sie im Zimmer.

Das Immaterielle und Quijotische war zu einer modernen Realität geworden. Burnetts Stimmung besserte sich. An Mut mangelte es ihm nicht, und hier war eine Situation, die ihn aufs Äußerste anspornte.

Instinktiv schloss er die Fensterläden hinter sich. Von der Gasse aus hätte das Paar kein Erscheinungsbild gezeigt, das mit der stillen Pracht des Zimmers harmoniert hätte. Er ertappte sich dabei, wie er sich umsah und seine Ohren auf das leiseste Geräusch lauschte.

Ein Blick offenbarte den Versandkarton, schwer, gedrungen und phlegmatisch, wie sein Besitzer. Crabb war auf Zehenspitzen zur Tür des

Nebenzimmers geschlichen. Burnett sah, wie sich seine Augen weiteten und wie sich der warnende Finger an seine Lippen legte.

Aus der Innenwohnung ertönte langsam und regelmäßig das Geräusch schweren Atmens. Dort, in einem breiten Sessel am Fußende des Bettes, lag der Kammerdiener des Barons in röchelndem Schlaf. Sein Mund war weit geöffnet, seine Glieder entspannt. Er hatte nichts gehört.

„Schnell", flüsterte Crabb; „Dein Kopftuch um seine Beine."

Burnett überraschte sich selbst von der Schnelligkeit und Intelligenz seiner Zusammenarbeit. Dem Mann wurde ein Taschentuch in den Mund gesteckt, und bevor er die Augen ganz geöffnet hatte , wurde er geknebelt und an Händen und Füßen mit der Kordel aus dem Morgenmantel des Barons gefesselt.

Aus einer Tasche hatte Crabb einen Revolver hervorgeholt, den er bedeutsam vor der Nase des verängstigten Mannes hielt, der vor dem dunklen Blick, der ihn begleitete, zurückwich.

Crabb schien genau geplant zu haben, was er tun sollte. Er nahm ein Badetuch und band es dem Mann über die Ohren und unter das Kinn. Aus dem Bett nahm er die Laken und Decken des Barons und hüllte den unglücklichen Diener ein, bis nur noch seine Nasenspitze zu sehen war. Ein Seil aus Hosenträgern und Krawatten rundete die Arbeit ab.

Der Kammerdiener des Baron Arnim war im Grunde genommen eine verschnürte Mumie.

"Puh!" sagte Crabb, als es fertig war. "Armer Teufel! Aber es lässt sich nicht ändern. Er darf es nicht sehen oder wissen. Und nun dazu."

Crabb holte einen Schlüsselbund und eine elektrische Zielscheibe hervor. Er probierte schnell die Tasten aus. Einen Augenblick später wurde der Versandkarton geöffnet und sein Inhalt zur Schau gestellt.

„Jetzt vorsichtig", flüsterte Crabb. „Wie soll es aussehen?"

„Ein narrenkappenförmiges Ding in Seidenbezügen mit baumelnden Kordeln", sagte Ross. „Da, unter deiner Hand."

Im Nu hatten sie es heraus und zwischen sich auf dem Schreibtisch. Dort war es tatsächlich in zwei Spalten geschrieben, auf der einen Seite chinesisch, auf der anderen französisch.

"Bist du sicher?" sagte Crabb.

"Sicher! Klar , ich bin ein Dieb in der Nacht!"

„Dann setz dich und schreibe, Mann. Schreiben Sie, wie Sie noch nie zuvor geschrieben haben. Ich werde Ramses II. zuhören und schauen.“

In den zwanzig Minuten, in denen Burnett ängstlich schrieb, stand Crabb an den Türen und Fenstern und lauschte auf Geräusche von Dienern oder herannahenden Kutschen. Der in die Laken gewickelte Mann machte ein paar vergebliche Anstrengungen und gab dann nach. Burnetts Augen leuchteten. Andere Augen als seine würden über das leuchten, was er sah und schrieb. Als er fertig war, schloss er das Dokument, entfernte alle Spuren seiner Arbeit, legte es zurück in die Eisenbox und schloss den Deckel. Er ließ die kostbaren Laken in eine Innentasche fallen und ging zum Fenster, als Crabb ihn am Arm packte. Draußen im Flur war eine Stufe zu hören, und die Tür öffnete sich. Dort stand Baron Arnim, stämmig und ergraut, sein Walrossschnurrbart sträubte sich vor Überraschung, in all der Pracht goldener Spitzen und Orden.

KAPITEL V

Für einen Moment war kein Ton zu hören. Die Einbrecher blickten den Baron an und der Baron blickte die Einbrecher an, Mund und Augen gleichermaßen geöffnet. Dann, noch bevor Crabb seinen einschüchternden Revolver zur Schau stellen konnte, war der Deutsche schreiend aus vollem Halse durch die Tür verschwunden.

"Schnell! Aus dem Fenster!" sagte Crabb und half Burnett über das Fensterbrett. „Runter, geh – ich folge dir. Fallen Sie nicht. Wenn du den Halt verlierst, sind wir ruiniert."

Burnett kletterte über das Geländer und die Leiter hinunter, Crabb fast auf den Fingern. Aber sie erreichten den Hof sicher und rannten im Schatten des Zauns durch die Gasse, als ein kühner Kopf aus dem offenen Fenster ragte und ein Revolver in die leere Luft feuerte.

"Der Teufel!" sagte Crabb. „In einer Minute werden sie sämtliche Kupfermünzen der Stadt auf uns losgehen. Hier entlang." Er bog in eine schmale Gasse im rechten Winkel zur anderen ein. „Runter mit dem Mantel – jetzt mit dem Schnurrbart und der Fettfarbe. Lass dir Zeit. In diesen Abwasserkanal mit den Mänteln. Also!"

Zwei Herren in hellen Mänteln, einer mit Mütze, der andere mit Hut, gingen Arm in Arm die N-Straße entlang und sangen laut. Ihre Hemdblusen und Haare waren zerzaust, ihre Beine waren nicht allzu stabil, und sie klammerten sich liebevoll aneinander, um Halt zu finden, und sangen laut.

Ein Fenster flog hoch und ein zerzauster Kopf erschien.

"Hey!" schrie eine Stimme. „Einbrecher in der Gasse!"

„Einbrecher!" sagte einer der Sänger; und dann: „Geh ins Bett. Du bist betrunken."

Mehr Geräusche von Fenstern, das Geräusch von Nachtpfeifen und eiligen Schritten.

Dennoch sangen die Feiernden weiter.

Ein stämmiger Polizist, lautstark und kriegerisch, brach ein.

sie gesehen ? Hast du sie gesehen ?" schrie er und blickte ihnen böse ins Gesicht. Seine trüben Augen erwiderten seinen Blick.

„W-wer?" sagten die Stimmen einstimmig.

„Einbrecher", brüllte der Polizist. „Wenn ich nicht beschäftigt wäre, würde ich dich reinrennen." Und er machte sich auf Hochtouren auf seine vagabundierende Mission.

„Ein Glück, dass du beschäftigt bist, alter Junge", murmelte Crabb der abgehenden Gestalt zu. „Mach ein wenig nüchtern, Ross, sonst kommen wir nie davon. Und rempeln Sie mich nicht so an, denn ich klirre wie ein Leitstern."

Langsam machten sich die beiden auf den Weg zum Thomas Circle und zur Vermont Avenue, wo der Lärm der Aufregung im Lärm der Nacht unterging.

An der L Street richtete sich Burnett auf. "Herr!" Er hat tief eingeatmet. „Aber das war knapp."

„Nicht so nah, wie es aussah", sagte Crabb kühl. „Eine weiße Hemdbrust wirkt mit Kupfer Wunder. Es war besser als ein Schlag auf den Kopf und die Flucht. In der Zwischenzeit hilft mir Ross, um Himmels willen, mit ein paar Kleinigkeiten . " Und damit reichte er Burnett ein goldenes Nadeltablett, eine silberne Schatulle und einen Uhrenanhänger.

Burnett untersuchte nüchtern die Beute. „Ich wünschte nur, wir hätten darauf verzichten können."

„Und wusste Arnim, worauf wir hinaus wollten? Niemals, Ross. Ich werde sie für so wenig wie möglich in New York verpfänden und von Schlichter die Tickets schicken. Geht das nicht?"

„Ich nehme an, das muss es sein", sagte Burnett zweifelnd.

Um drei Uhr waren sie wieder im *Blue Wing* , Burnett mit einer Mischung aus Zweifel und Zufriedenheit, Crabb begeistert von der Leistung.

„ Rasselas war ein Narr, Ross ein Unzufriedener – ein *Ohnmächtiger* . Das Leben ist erstaunlich, bezaubernd, vollendet." Und dann fröhlich: „Ich wünsche dem neuen Botschafter am Hof von St. James Gesundheit, Junge – ein langes Leben!"

Aber Ross ging nicht zum Court of St. James. Im darauffolgenden Winter erteilte ihm der Präsident zur Überraschung vieler den Sonderauftrag, einen Handelsvertrag mit Peru vorzubereiten. Baron Arnim erlangte zu gegebener Zeit seinen Schnickschnack zurück . Unterdessen setzt Kaiser Wilhelm, verblüfft über den erstaunlichen Scharfsinn des Außenministers in der Ostfrage, den Aufbau einer mächtigen Marine fort, aus Angst, dass die aufstrebende Nation auf der anderen Seite des Ozeans eines Tages die Fragen, die sie verkomplizieren, zu einem Problem machen wird.

Aber das Leben war für Crabb nicht mehr amüsant, bezaubernd oder vollendet. Der Geschmack eines Abenteuers verschwand aus seinem Mund, das Alltägliche wurde flacher und geschmackloser als zuvor. Das Leben war wieder nur noch blass, eintönig und grau. Um die Sache noch schlimmer zu machen, war er gezwungen gewesen, einen Geschäftsbesuch in Philadelphia zu machen, und das füllte den Kelch der Abgeschmacktheit bis zum Rand. Er war fast bereit, sich zu wünschen, dass seine umnachteten Vorfahren niemals die Kohlengruben in Pennsylvania besessen hätten, deren Erbe er geworden war, denn es schien, als gäbe es noch viele Angelegenheiten zu regeln, Verträge zu unterzeichnen und Pachtverträge von seinem Anwalt vor Ort abzuschließen Es war eine verschlafene Stadt, und es würde, wie er herausfand, mehrere Tage dauern, bis er nach Newport aufbrechen konnte. Nicht einmal die *Blue Wing* stand ihm zur Verfügung, denn ein Unfall im Maschinenraum hatte sie für mindestens zwei Wochen außer Betrieb gesetzt.

Also ergab er sich mit dem Unvermeidlichen und nahm ein Zimmer in einem Hotel, grimmig entschlossen, die Sache zu Ende zu bringen, während er sich inzwischen der glühenden Hoffnung bewusst war, dass das Ungewöhnliche passieren könnte – der Blitz könnte einschlagen. Hass hatte er gekannt und Angst gehabt, aber die Liebe war ihm bisher entgangen. Warum, wusste er nicht, außer dass er nie bereit gewesen war, dieses Gefühl in herkömmlichen Formen wahrzunehmen – und da keine anderen Formen möglich waren, hatte er einfach aufgehört, über die Angelegenheit nachzudenken. Doch eines Tages muss er natürlich heiraten. Aber wen? Er träumte kaum davon, wie bald er es wissen würde. Fräulein Patricia Wharton glaubte kaum, dass sie etwas damit zu tun hatte. Tatsächlich waren Patricias Gedanken damals weit von der Ehe entfernt. Patricia war gelangweilt. Einen Monat lang, während Wharton père seine Gicht an den Schwefelquellen auskochte , hatte Patricia pflichtbewusst gesessen und geschaukelt, ungeduldig mit einem kleinen Fuß geklopft, stündlich weniger wie ein Denkmal der Geduld ausgesehen und überhaupt nicht gelächelt.

Endlich waren sie in Philadelphia. Wilson hatte zwei Zimmer im Haus eröffnet und eine schnelle Beendigung von David Whartons Geschäft hätte sie bald nach Bar Harbor geführt. Doch im Büro in der Chestnut Street ging etwas schief, und Patricia, einst ein Lamm und jetzt ein Opferschaf, war in diesem besonderen Moment zu einer weiteren ermüdenden Woche des Wartens verdammt.

Um die Sache noch schlimmer zu machen, gab es kein Mädchen, von dem Patricia wusste, dass es in der Stadt war, und wenn es welche gab, weigerte sich das Telefon, sie zu entdecken. Die Wohnung ihrer Tante war in Haverford, aber sie wusste, dass eine Einladung zum Abendessen dort alte Quäker-Cousins und diese Art von knarrender Ungezwungenheit bedeutete, die zeigt, dass die Gelenke Öl brauchten. Patricia hatte nicht die Absicht, dieses Gleitmittel zu liefern. Alleine langweilte sie sich lieber, als sich in Gesellschaft zu langweilen. Sie ertappte sich dabei, wie sie nach Bar Harbor seufzte, wie sie noch nie zuvor geseufzt hatte. Sie stellte sich das Häuschen vor, kühl und grau zwischen den Felsen, die blaue Meeresschale, deren Rand direkt an ihrem Fenstersims lag, die lautstarke Brandung und den salzigen Geruch mit der schwachen Andeutung kühler und merkwürdiger Dinge, der frisch eingeatmet aufstieg Aus dem Herzen der Tiefe. Sie konnte „Country Girl" aus dem Stall ungeduldig wiehern hören, als Jack Masters auf „Kentucky" von „The Pinnacle" herunterritt, um sich zu erkundigen.

Nachmittag den Platz betrat, verfiel sie tatsächlich in eine winzige und etwas schmutzige Selbstbeobachtung. Vielleicht lag es am Wetter. Sicherlich hatten sich die Hundetage ernsthaft über die verschlafene Stadt ausgebreitet. Kein Atem bewegte die verhungernden Bäume, der Geruch von heißem Asphalt lag in der Luft, überall summten Heuschrecken, die Glocken der Straßenbahnen klangen verstimmt, und die Sonne hinterließ eine blutglühende Spur über den Himmel und kündigte wütend den nächsten Tag an.

Patricia ließ sich auf eine Bank sinken und stocherte mit ihrem Sonnenschirm heftig auf dem Gehweg herum. Sie verspürte eine gewisse grimmige Befriedigung, mehr als sonst allein zu sein. Arme Patricia! die mit einer Fingerbewegung jeden von fünf ehrenwerten Sprösslingen dummer, angesehener Familien an ihre Seite hätte rufen können. Nur etwas Neues, etwas Schwieriges und Außergewöhnliches würde sie aus dem hoffnungslosen Sumpf der Verzweiflung befreien, in den sie geraten war.

Andromeda erwartet Perseus auf einer Bank am Rittenhouse Square! Sie lächelte breit und hemmungslos nach oben und direkt in das Gesicht von Mr. Mortimer Crabb.

KAPITEL VI

Es war ein angenehmes Gesicht, auf dem zu ihrer Überraschung plötzlich ein Lächeln erschien, als wäre es eine Reaktion auf ihr eigenes. Patricias Augen senkten sich schnell – ruhig, wie es sich für eine anständige Frau gehört, und doch hatte sie in dem kurzen Moment, in dem die Augen des großen jungen Mannes ihre trafen, bemerkt, dass sie grau waren, als wären sie von der Sonne gebleicht, aber sehr klar und funkelnd. Und als sie ihren Kopf hob, um durch die Bank gegenüber und über die Bank hinauszuschauen, weigerte sich ihr Gewissen zu leugnen, dass ihr der Blick Spaß gemacht hatte. Lächelten die Augen sie *an* oder lächelten sie *mit* ihr? In dieser Unterscheidung liegt eine Frage der Moral. War ihr Funkeln fragend oder aufdringlich? Sie hätte geschworen, dass gute Laune, Wohlwollen (wenn in den Augen von Zweiunddreißig überhaupt Wohlwollen zu finden ist) und ein gewisses höfliches Interesse die eigentlichen Zutaten seien. Es war alles sehr interessant. Sie überraschte sich selbst durch eine nicht ungebrochene Neugier auf sein Leben und seine Berufung und durch das Fehlen jeglicher Besorgnis über den *Konflikt* .

Die Schatten unter den verwelkten Bäumen wurden tiefer. Die Sonne sank in den Westen und verschwand plötzlich mit all ihrem goldenen und violetten Gefolge. Patricia warf ihrer Nachbarin einen verstohlenen Blick zu. Triumphierend bestätigte sie ihre Diagnose. Der Mann war im Schein des Sonnenuntergangs verloren. Wichtigkeit und er waren meilenweit voneinander entfernt.

Es könnte sein, dass Patricias Augen mächtiger waren als der Sonnenuntergang, oder dass ihre triumphale Schlussfolgerung auf einer falschen Annahme beruhte, oder dass der junge Mann sie die ganze Zeit über aus dem Schweif seines wohlwollenden Auges beobachtet hatte; denn ohne die geringste Vorwarnung drehte er plötzlich den Kopf und stellte fest, dass die Augen der unglücklichen Patricia wieder auf ihn gerichtet waren. Wie schnell sie sich auch abwandte, der Blick, den sie wechselte, war lang genug, um die Tatsache zu offenbaren, dass das Funkeln immer noch da war, und den Verdacht zu erwecken, dass es nie verschwunden war. Auch die Art des Lächelns beruhigte sie nicht. Sie war sich jetzt überhaupt nicht sicher, dass er nicht sowohl *mit* als auch *zu ihr* lächelte .

Der schnell abgewandte Kopf, das nach hinten geneigte Kinn schienen der Situation allzu unangemessen; Dennoch nutzte sie diese Bollwerke mädchenhafter Bescheidenheit in dem tugendhaften Versuch, das unbewusste Zeugnis ihrer unglücklichen Augen zu widerlegen. Der Instinkt schlug eine sofortige Flucht vor. Aber Patricia rührte sich nicht. Hier gab es tatsächlich einen Fall, in dem Flucht ein Geständnis bedeutete. Sie spürte eher, als dass sie sah, wie sein Blick sie von Kopf bis Fuß durchforschte, und so sehr sie sich auch dagegen wehrte, strömte die warme Farbe auf ihre Wange und Stirn. Wenn sie die Situation einen Moment zuvor noch genossen hatte, erfüllte sie die so plötzlich aufkommende Unverschämtheit mit Bestürzung. Durch einen subtilen weiblichen Denkprozess gelang es ihr, ihren Anteil an dem unbedeutenden Abenteuer auszuschalten, und jetzt sah sie nur noch die Sünde des beleidigenden Mannes. Schließlich erhob sie sich, der Ausdruck verletzter und verächtlicher Würde, und ging, ohne nach links oder rechts zu schauen.

Man hörte feste, schnelle Schritte und dann eine tiefe Stimme an ihrem Ellbogen.

„Ich bitte um Verzeihung“, hieß es darin.

Der hochgehobene Strohhut, der geneigte Kopf, die sanften Töne, die grauen Augen (wieder wohlwollend), so wenig beunruhigend sie an sich auch sein mochten, erfüllten sie mit echter Unruhe. Was auch immer er zuvor getan hatte, es war sicherlich unerträglich. Sie wollte sich gerade abwenden, als ihr Blick auf seinen ausgestreckten Arm und ihren glücklosen Sonnenschirm fiel.

„ Ich bitte um Verzeihung“, wiederholte er, „aber gehört das nicht dir? “

„„ Ich bitte um Verzeihung', wiederholte er, ‚aber gehört das nicht dir? '"

Das Blut floss ihr erneut ins Gesicht, und mit einer Verlegenheit, einer *Anmaßung* , an die sie sich nicht erinnern konnte, streckte sie ihre Hand in Richtung des verirrten Sonnenschirms aus. Von ihren Lippen kam kein Ton; Mit gesenktem Kopf nahm sie es ihm ab. Aber als sie weiterging, stellte sie fest, dass er auch ging – mit ihr, direkt an ihrer Seite. Einen Moment lang war ihr kalt vor Angst.

„Ich hoffe, du lässt mich mitgehen", sagte er kühl, „ich bin eigentlich ganz harmlos. Wenn du wüsstest – wenn du nur wüsstest, wie furchtbar gelangweilt ich war, hättest du wirklich nichts gegen mich."

Patricia warf ihm einen hastigen Blick zu, ihre Ängste hatten sich seltsamerweise verringert.

„Ich bin das, was die Gefallenen ein Opfer der Umstände nennen", fuhr er fort. „Ich verlange kein schlimmeres Schicksal für meinen liebsten Feind, als ohne einen Freund in diese Wildnis aus weißen Treppenhäusern und vernagelten Türen verbannt zu werden – um auf den Halbgott deiner Stadt, Procrastination, zu warten. Das habe ich achtundvierzig Stunden lang getan, mit einer guten Erinnerung an eine Vergangenheit, aber ohne Hoffnung für die Zukunft. Wenn der Jungbrunnen hoffnungsvoll aus dem Bürowasserkühler meines alten Anwalts sprudeln würde, würde er ihn schief betrachten und nach den Hefen des trüben Schuylkill seufzen."

Wie sehr sie sich auch bemühte, die Brauen zu heben, Patricia lächelte jetzt wider Willen.

„Ich bin der mäandrierenden Flut durch die schmale Schlucht, die Sie Chestnut Street nennen, gefolgt, habe dem gemächlichen Kohlenwagen und den dazugehörigen Karren zugeschaut oder habe in meinem Hotel gesessen und versucht, die sich ansammelnden Spinnweben beiseite zu wischen, ein kleines, unruhiges Molekül des Trostes. Ich bin gestrandet – gestrandet. Im Vergleich dazu war Crusoe gesellig."

Währenddessen gingen sie nach Norden. Auf dem ganzen Weg zur Chestnut Street überlegte Patricia, ob sie eher beunruhigt oder amüsiert sein sollte. Eines war ihr sicher: Sie langweilte sich nicht mehr. Das Gefühl der Gewalt gegen ihre Traditionen hing wie ein Mühlstein um ihren Hals; und doch spähte Patricia eifrig durch das Loch, um der verführerischen Stimme der Unkonventionalität zu lauschen .

Als es Patricia gelang, ihre Stimme wiederzubeleben, war sie sich nicht ganz sicher, ob es ihre eigene war.

„Du bist eine unverschämte Person", sagte sie.

„Kannst du nicht vergeben?"

"NEIN."

„Die Umstände sind gegen mich", sagte er, „aber ich gebe Ihnen mein Wort, ich habe einen Platz in meiner eigenen Stadt, ein oder zwei Freunde und eine gewisse Vorliebe für Tugend."

„Selbst wenn du es tust – sprich mit Fremden –"

„Aber das tue ich nicht. Es war der gesegnete Sonnenschirm. Sonst hätte ich es nicht wagen sollen."

„Und die Neigung zur Tugend –"

„Nun, das ist genau der Grund. Kannst du nicht sehen? Du warst es! Sie strahlten ziemliche Vornehmheit aus. Komm jetzt, ich bin die Demut selbst. Ich habe gesündigt. Wie kann ich büßen?"

„Indem du mich zum Abendessen nach Hause gehen lässt."

Diesmal lachte Patricia. Der Mann schaute auf seine Uhr.

„Was für ein Unmensch ich bin!" Er blieb stehen, nahm seinen Hut ab und wandte sich ab. Und hier legte ein kleines, frivoles Genie unüberlegte Worte auf Patricias Zunge.

„Ich habe nicht so schrecklichen Hunger", sagte sie.

Immerhin war er so unverschämt und höflich gewesen.

Einen Augenblick später war er wieder an ihrer Seite.

„Das war nett von dir. Vielleicht hast du mir vergeben."

„N – nein", mit steigender Betonung.

"Komm jetzt! Lasst uns Freunde sein, nur für diese kurze Zeit. Fangen wir sofort an zu glauben, dass wir uns schon immer gekannt haben – nur für heute Abend. Ich werde morgen die Stadt verlassen und wir werden uns nicht wiedersehen. Da bin ich mir sicher."

„Wie kann ich sicher sein?" Patricia sprach, als würde sie laut denken.

„Diesmal haben sie es mir versprochen. Ich werde morgen weggehen. Wenn meine Papiere nicht fertig sind, gehe ich ohne sie."

„Gibst du mir dein Wort?"

„Bei meiner Ehre."

Patricia drehte sich zum ersten Mal um und sah direkt zu ihm auf. Welchen Wert konnte sie auf die Ehre eines Menschen legen, den sie nicht kannte? Wie auch immer der weibliche Untersuchungsprozess aussah, sie schien zufrieden zu sein.

"Was kann ich machen? Es ist fast Abend.

„Ich wollte gerade vorschlagen – ähm – ich dachte, vielleicht wären Sie vielleicht bereit, – ähm – etwas zu essen – tatsächlich zu Abend zu essen."

Patricia blieb stehen und blickte erschrocken und geistesabwesend zu ihm auf. Das Wort und die damit verbundenen Ideen entwickelten sich in bedeutender Weise aus ihrer geistigen Verwirrung. Abendessen! Mit einem fremden Mann an einem öffentlichen Ort! Das prosaische Wort nahm neue und seltsame Bedeutungen an, die im Lexikon ihres Codes nicht eingeschrieben waren. Da war die greifbare Darstellung ihrer Sünde – dass sie lesen und rennen konnte, solange noch Zeit war. Wie war das alles passiert? Was hatte diese unverschämte Person gesagt, um es ihr zu ermöglichen, sich selbst so lange zu vergessen?

Ohne ein Wort der Erklärung eilten ihre kleinen Füße den Hügel hinunter, während seine großen protestierend neben ihm herschritten.

"Also?" sagte er schließlich.

Aber sie gab ihm keine Antwort und ging nur umso schneller.

"Du gehst?"

„Nach Hause – sofort." Sie sprach mit kalter Schärfe.

Er ging einige Augenblicke schweigend weiter – dann sagte er bestimmt:

"Du hast Angst."

Als Antwort schüttelte sie nur den Kopf.

„Es stimmt", fuhr er fort. "Du hast Angst. Eben noch warst du bereit zu vergessen, dass wir uns gerade erst kennengelernt hatten. Jetzt bist du bereit, in einem Atemzug zu vergessen, dass wir uns überhaupt getroffen haben."

Aber sie wollte nicht antworten.

Er warf einen Blick auf die Haltung des hochmütigen Kopfes direkt unter seinem. War es eine Scheintugend? Er fühlte sich völlig berechtigt, das zu glauben.

Sie hatten eine Ecke erreicht. Patricia blieb stehen.

„Du lässt mich hier gehen, nicht wahr? Du wirst mir nicht folgen oder versuchen, etwas herauszufinden, oder? Sagen Sie, dass Sie es nicht tun werden, bitte, bitte! Es war alles ein schrecklicher Fehler – wie schrecklich, das wusste ich bis jetzt nicht. Ich muss gehen – allein, verstehst du – allein –"

„Aber es wird dunkel, du –"

„Nein, nein! Es spielt keine Rolle. Ich habe keine Angst. Wie kann ich sein – jetzt? Bitte lass mich gehen – allein. Auf Wiedersehen!"

Und im Nu war sie in der Querstraße verschwunden.

Kapitel VII

Mortimer Crabb beobachtete die sich zurückziehende Gestalt.

„Hm", sagte er, „die Ewige Frage – wie immer – ohne Antwort." Und doch hätte ich geschworen, dass dieser Sonnenschirm auf dem Platz –"

Er hatte immer eine amüsierte und tolerante Haltung gegenüber der Stadt der brüderlichen Liebe gehabt – das war das Geburtsrecht eines jeden typischen New Yorkers –, und doch hatte er seit diesem unbedeutenden Abenteuer am Rittenhouse Square ungeahnte Tugenden in der Metropole von Pennsylvania entdeckt. Es war keine Stadt der Wohnungen, sondern der Häuser – Häuser, in denen Männer mit ihren Familien lebten und auf altmodische Weise interessante Kinder großzogen – eine Stadt des konservativen Fortschritts, der historischen Verbundenheit, der gut gehüteten Tradition – eine amerikanische Stadt Kurz gesagt, eine Stadt, die New York nicht war. Im Junggesellenclub lobte er ihn und erwähnte einen Plan, dort zu überwintern, wurde aber wegen seiner Mühen ausgelacht. Von Mortimer Crabb war alles Ungewöhnliche und Außergewöhnliche zu erwarten. Aber ein Winter in Philadelphia! Das war zu absurd.

Crabb antwortete nichts. Er lächelte nur höflich, und als der *Blue Wing* in Dienst gestellt wurde, begab er sich auf eine Kreuzfahrt, ohne andere Gesellschaft als seine Gedanken und Kapitän Jepson. Unter normalen Umständen hätte Jepson ausgereicht, aber jetzt verbrachte Mortimer Crabb viel Zeit im Liegestuhl und las in einem Gedichtband oder blickte träge auf den Schaumwirbel im Kielwasser des Schiffes. Jepson fragte sich, woran er dachte, denn Crabb war kein Mann, der viel Zeit mit Träumen vergeudete, und der Kapitän hätte viel dafür gegeben, was er zu wissen vermochte. Er wäre überrascht gewesen, wenn Mortimer Crabb es ihm gesagt hätte. Um die Wahrheit zu sagen, dachte Crabb an einen Sonnenschirm. Er fragte sich, ob sein Urteil tatsächlich falsch gewesen war. Die Dame auf dem Platz hatte den Sonnenschirm zurückgelassen, das stimmte. Aber dann schien dem gesamten Stamm der Sonnenschirme das Schicksal der Vernachlässigung und Vergessenheit bevorzustehen, und es gab keinen Grund, warum dieses besondere Exemplar der Gattung von den Schwächen seiner Art ausgenommen werden sollte. Soweit er sich erinnerte, handelte es sich um ein hauchdünnes Ding aus grüner Seide und Spitze, offensichtlich um einen französischen Firlefanz, der sich leicht einer solchen Form von Unart schuldig machen konnte.

Der Gedanke, dass er die schlafende Prinzessin – wie er sie zu nennen gelernt hatte – möglicherweise falsch eingeschätzt hatte, hatte ihn schon lange beunruhigt, und er wusste, dass es ihn weiterhin beunruhigen würde, bis er die Sache auf die eine oder andere Weise selbst beweisen würde. Hatte sie den Sonnenschirm wirklich vergessen? Oder hatte sie es nicht vergessen?

Die Kreuzfahrt ging zu Ende, der Sommer ging in den Herbst über und im Winter ließ sich Mortimer Crabb in einem schicken Hotel in Philadelphia nieder.

Aus New York waren Briefe an bestimmte Witwen Philadelphias in den Räten der Mächtigen eingegangen, die dazu führten, dass Crabb zu gegebener Zeit mehrere begehrte Abendessen annahm, und bevor er sich versah, befand er sich mitten in einer geselligen Saison. Und so fand er sich am Abend der Versammlung beim Abendessen im Haus eines seiner Sponsoren wieder, in einer Gesellschaft, die ganz der Verherrlichung dreier zitternder junger Frauen gewidmet war, die ihr Gütesiegel und ihre Berechtigungsbescheinigung *erhalten* sollten Teilnahme an dieser alten und ehrenvollen Veranstaltung.

Ganz oben auf der Treppe zum Foyer des Ballsaals traf Crabb Patricia Wharton in der Menge von Angesicht zu Angesicht. Die Begegnung war unvermeidlich. Er sah die kurze Frage in ihrem Blick, bevor sie ihn platzierte, das verschwindende Lächeln, die vorübergehende Blässe, und dann wurde ihm bewusst, dass sie vorbeigegangen war, ihre Augen blickten an ihm vorbei, ihre Brauen leicht hochgezogen, ihre Lippen zusammengezogen, den Brief selbst von Gleichgültigkeit und Verachtung. Es war ein Schnitt, der zur Würde einer schönen Kunst avancierte. Crabb spürte, wie ihm die Farbe in die Schläfen stieg und hörte die junge Knospe an seiner Seite sagen:

„Was ist los, Herr Crabb? Du siehst aus, als hättest du den Geist all deiner vergangenen Verfehlungen gesehen."

„ *Alle* , Miss Cheston! „Oh, ich hoffe, ich sehe nicht so schlecht aus", lachte er. „Nur einer – ein sehr kleiner."

„Erzähl es mir ", rief die Knospe.

„Zuerst lasst uns sicher den Fehdehandschuh der Lorgnons laufen lassen."

Als sich die Gruppe versammelt hatte und an den Grenadieren vorbei war, die eifersüchtig die heiligen inneren Bollwerke bewachten, war Crabb froh, seinen Begleiter einem anderen zu überlassen, während er hinter einer Azaleenbank Abgeschiedenheit suchte, um die sich bewegenden Tänzer zu beobachten. Sie *war* also wirklich jemand. Er begann für einen Moment an der Aussage der vagabundierenden Blicke und des schuldbewussten Sonnenschirms zu zweifeln. Könnte er sich geirrt haben? Hatte sie den Sonnenschirm wirklich vergessen? Die Situation war schon brutal genug für sie und er war durchaus bereit, ihre Zartheit zu respektieren. Was ihm jedoch missfiel, war die Art und Weise, wie sie es getan hatte. Wütend war sie in Deckung gegangen und hielt sich mit geschärften Waffen ihrer Frau in Schach. Die geschwungenen Lippen und die zusammengekniffenen Augen verrieten ein Maß an Verachtung, das in keinem Verhältnis zum Vergehen stand. Aber er fasste schnell den Entschluss, sie nicht zu suchen oder ihr in die Augen zu sehen. Wenn seine Schuld die einzige Wiedergutmachung war, die er ihr anbieten konnte.

Als er mit seinem kleinen Kumpel durch den Raum wirbelte, erhaschte er einen flüchtigen Blick auf sie auf der gegenüberliegenden Seite und manövrierte so, dass er nicht näher kommen wollte. Als er seinen Partner zu einem Platz geführt hatte, dauerte es nicht lange, bis er eine ganz natürliche Neugier befriedigte.

„Würden Sie mir sagen", fragte er , „wer – nein, schauen Sie jetzt nicht hin – das Mädchen in dem schwarzen, glitzernden Kleid ist?"

"WHO? Wo?" fragte Miss Cheston. „Du meinst Patricia? Natürlich! Miss Wharton, meine Cousine. Hast du sie nicht kennengelernt?"

„Ähm – nein! Sie sieht gut aus."

„Ist sie nicht? Und das liebste Geschöpf – aber ziemlich kalt und ein wenig primitiv."

„ Pri – Oh, wirklich!"

"Ja! Wir sind Quäker, wissen Sie. Sie gehört zum älteren Set. Vielleicht wirkt sie deshalb ein wenig kalt und – äh – konventionell."

"Kloster-! Oh ja natürlich."

Wenn man uns nur kennt, weißt du, dass wir wirklich ein recht lebhafter Haufen sind. Einige der diesjährigen Schulden sind wirklich sehr schrecklich."

„Wie schockierend, und Miss Wharton ist nicht schrecklich?"

„Oh mein Gott, nein. Aber sie macht unheimlich viel Spaß. Komm, du musst sie treffen. Lass mich dich übernehmen."

Doch das Glück kam in der Person von Stephen Ventnor dazwischen.

Es war das Unerwartete, was passieren sollte. Crabb kam mit einem Gefallen vom Tisch zurück. Sein Blick wanderte in einer kurzen, erfolglosen Suche über die Reihe der Stühle. Mr. Barclay, der das Cotillion leitete, erregte genau in diesem psychologischen Moment seine Aufmerksamkeit.

„Gestrandet, Crabb? Ich präsentiere Ihnen ..."

Er nannte keinen Namen, verschwand aber gleich darauf und schlenderte zwischen den Leuten auf dem Boden hin und her. Crabb folgte ihm. Als es ihm gelungen war, den bevorstehenden Tänzern zu entkommen und die andere Seite des Raumes erreicht hatte, beugte sich Barclay vor.

„Wahnsinnig netter Kerl – Fremder", sagte er und sagte dann laut: „Miss Wharton, darf ich Ihnen vorstellen – Mr. Krabbe?"

Es war in einem Moment alles vorbei. Der überfüllte Raum hatte das schwarze Kleid und die blonden Haare verdeckt. Aber es war zu spät. Barclay war im Handumdrehen weg, und da sahen sie sich wieder in die Augen, Patricia blass und kalt wie Stein, Crabb ein wenig unbehaglich angesichts der peinlichen Situation, die er sich, wie auch immer der Anschein sprach, nicht ausgesucht hatte.

Crabb neigte den Kopf und streckte die Hand aus, die seine Gunst ausdrückte. Sie blickten beide nach unten und suchten in diesem unschuldigen Schmuckstück einen vorübergehenden Zufluchtsort aus der misslichen Lage. Da entdeckte Crabb zum ersten Mal, was er ihr anbot – einen kleinen, frivolen Sonnenschirm aus grüner Seide.

Sie schaute wieder zu ihm auf, ihre Augen leuchteten, aber sie stand auf und blickte sich um, als suche sie nach einem Fluchtweg. Er erwartete völlig, dass sie sich weigern würde zu tanzen, und bereitete sich darauf vor, sich so anmutig wie möglich zurückzuziehen, als sie mit erhobenem Kinn und Augen, die ihren Geist weit über ihn hinausblickten und trugen, den Sonnenschirm nahm und ihm auf den Boden folgte.

Aber die Subtilität der Andeutungen, die Crabbs besondere kleine Komödie zu besitzen schien, sollte noch amüsanter entwickelt werden. Die Figur, zu der sie gehörten, war ein hübscher bunter Wirbel aus Blumen und Bändern, in dem die grünen Sonnenschirme eine Rolle spielen sollten. Dafür wurde ein Miniatur-Maibaum mitgebracht und die Sonnenschirme entsprechend ihrer Farbe an den dazugehörigen Bändern befestigt.

Als die Figur voranschritt und die Tänzer ineinander übergingen, konnte Crabb die immer wiederkehrende absichtliche Brüskierung nicht übersehen. Er fühlte sich an der unglücklichen Situation unschuldig, und diese unnötige Demonstration der Feindseligkeit, die so deutlich zum Ausdruck kam, schien sehr geschmacklos zu sein. Jedes Mal, wenn er an der zur Schau gestellten Schulter, dem hochgezogenen Kinn oder der geschwungenen Lippe vorbeiging, merkte er, dass seine Demut immer weniger wurde, bis er, als der Tanz sich seinem Ende näherte, in einem sehr gerechten Zorn glühte. Wenn sie vorgehabt hätte, ihn völlig zu verleugnen, hätte sie die Gelegenheit ergreifen sollen, als er zum ersten Mal aufgetaucht war. Und als er an ihr vorbeiging, freute er sich über die Entdeckung, dass sie sich versehentlich für das andere Ende des Bandes entschieden hatte, das an dem Sonnenschirm befestigt war, den er trug. Als der Maitanz zu Ende war, fand Miss Wharton Mr. Crabb an ihrer Seite, der ihr den grünen Sonnenschirm genau so reichte, wie er ihr den anderen vor sechs Monaten auf dem Square gegeben hatte.

„Ich bitte um Verzeihung", sagte er fragend, „aber gehört das nicht dir?"

Der Akzent und der wohlwollende Blick waren unverkennbar. Wenn sich in ihrem Köcher der Verachtung ein Pfeil befand , der nicht abgeschossen war , so entwaffnete seine Unverschämtheit sie völlig. Wenn Blicke hätten töten können, müsste Crabb sofort gestorben sein. Da sie sich der Tiefe seiner Schande bewusst war, konnte sie nur ganz leise murmeln:

„Ich gehe bitte sofort zu meinem Platz." Tatsächlich war Crabb eine sehr lebhafte Leiche. Er lächelte kühl auf sie herab.

„Sicher, wenn Sie es wünschen. Nur – äh – ich hoffe, dass du mich mitgehen lässt."

Wie sie ihn hasste! Die Worte, die sie noch einmal mit der gleichen lächelnden Unverfrorenheit aussprach, schienen sich erneut in ihr Gedächtnis einzubrennen. Konnte sie niemals von diesem unvermeidlichen Mann befreit werden? Ihr Platz war am anderen Ende des Raumes.

„Ich glaube, du hast mir Unrecht getan", sagte er leise und dann: „Es war ein angenehmer Tanz." Vielen Dank."

„Danke", antwortete Patricia säuerlich und er war weg.

KAPITEL VIII

Miss Wharton entließ ihr müdes Dienstmädchen ziemlich verärgert und warf sich in einen Sessel. Abscheuliche Situation! Ihr Patzer hatte sie herausgefunden! Was die Sache noch schlimmer machte, war die naive Tadellosigkeit ihres Bösewichts. Überall hörte sie seine Loblieder. Und es ärgerte sie, dass sie nichts zu seinem Nachteil beitragen konnte. Natürlich wäre es dumm von ihm gewesen, sie es vergessen zu lassen, nachdem er gesehen hatte, wie sie den Sonnenschirm verließ. In ihren Gedanken war dieses Abenteuer längst geduldet worden. Es war diese neue *Begegnung* , die sie so verärgert hatte. Es ärgerte sie, darüber nachzudenken, wie wenig Zartheit er ihr zugetraut hatte, als er Jack Barclay gebeten hatte, ihn vorzustellen. Wenn sie sich zufällig getroffen hätten, wäre es anders gewesen. Sie wäre ausgesprochen höflich gewesen, aber nicht rückblickend; und hätte auf sein Gespür für die Situation vertraut, dass es genauso sein würde. Dass er ihre hilflosen Barrieren angegriffen, ihn als Rohling abgestempelt und ihm alle Gewänder der Sensibilität entzogen hatte, in die sie ihn gekleidet hatte. Der Gedanke, dass ihre Fantasie es für angebracht gehalten hatte, ihn anders zu machen, als er war, ärgerte sie. Doch neben ihrer Wut stellte sie zu ihrer Überraschung auch Enttäuschung fest. Es war diese Person, die ihr das Geheimnis ihrer einzigen Ungerechtigkeit mitteilte.

Sie zog ungeduldig an ihren langen Handschuhen und stand mit einer Miene der Endgültigkeit auf. Und so verdrängte Miss Wharton den aufdringlichen Mr. Crabb völlig aus ihren Gedanken; bis zum darauffolgenden Donnerstagabend beim Abendessen bei den Hollingsworths .

„Patty, Liebes, hast du Mr. Crabb getroffen?" sagte Mrs. Hollingsworth.

Miss Wharton hatte es bei der Versammlung getan.

Mr. Crabb wiederholte höflich; und Patricia hasste ihn wegen des nebulösen Lächelns, das verborgene Bedeutungen zu enthalten schien. Aber sie meisterte die Situation auf eine Art und Weise, die ihre Begleiterin zu verunsichern schien – die auf ihre schnelle Flut von Gemeinplätzen nur einsilbig antwortete. Am Tisch fand sie auf der anderen Seite ihre Zuflucht bei einem Italiener von der Botschaft in Washington, dessen Französisch hinkte, dessen Englisch jedoch ein Krüppel war. Und so zerhackten und stotterten sie nach Ollendorfer Art durch die Austern und die Suppe, während Crabb sich mit der Tochter des Hauses auf seiner anderen Seite beschäftigte. Aber endlich wurde Patty bewusst, dass Mr. Crabb sprach.

„Miss Wharton", begann er, „ich fürchte, ich bin etwas verwirrt."

„Wirklich", antwortete sie süß, „wieso?"

Etwas beunruhigt, aber unbeirrt fuhr er fort:

„Wegen der Art unseres Treffens."

"Unser Treffen!" sagte sie unsicher.

„Bei der Versammlung, wissen Sie. Ich dachte vielleicht – Sie dachten – ich hätte darum gebeten, vorgestellt zu werden."

„Hast du nicht? Wie haben wir uns dann zufällig kennengelernt?"

Er konnte nicht umhin, ihre *Gelassenheit zu bewundern* . Sie lächelte das Mittelstück mit einem unverbindlichen Lächeln an.

„Ähm – ich sollte es erklären. Ich war treibend und Barclay kam mir zu Hilfe. Ich gebe dir mein Wort, ich hatte keine Ahnung, dass er mich zu dir bringen wollte. Es war in einer Sekunde alles vorbei."

„Dann wolltest du mich wirklich nicht treffen? Es tut mir so leid."

Sie hatte ihr Gesicht langsam zu ihm gedreht und sah ihm direkt in die Augen. Es war eine Herausforderung, keine Petition. Er begegnete ihrem Stoß fair.

„Meine liebe Miss Wharton", lächelte er, „wie könnte ich wissen, wie Sie waren – ähm –, wenn ich Sie nie gesehen hätte?"

Diesmal ließ er ihre Waffe förmlich fliegen.

„Ich möchte, dass Sie verstehen", fuhr er ruhig fort, „dass ich nicht wusste, dass Barclay mich zu Ihnen bringen würde. Ich wünsche Anerkennung für eine bestimmte Delikatesse. Ich hätte mir nicht die Mühe machen sollen, mich dir aufzudrängen."

„Ich bin sicher, es hätte mir überhaupt nichts ausmachen sollen", sagte sie leichthin. „So schwierig bin ich gar nicht."

Sobald sie gesprochen hatte , wusste sie, dass sie über ihr Ziel hinausgeschossen war.

„Das ist furchtbar nett von dir, wissen Sie. Sie werden sicher zugeben, dass ich nicht wissen konnte, wie schwierig Sie waren", fügte er hinzu.

Sie errötete ein wenig, bevor sie wieder zum Angriff überging.

„ Natürlich möchte ein Mädchen etwas über einen Mann wissen, bevor –
"

„Bevor sie sich erlaubt, ihn falsch einzuschätzen." Er lächelte. „Ehrlich gesagt, fühlen Sie sich jetzt in einer besseren Position, mich zu beurteilen als zuvor –"

„Vor der Versammlung?" sie unterbrach. "Ich glaube schon. „Man isst nicht mit dem Messer", lachend. „Du hast Respekt vor der Serviette. Die Leute sagen, du bist schlau. Warum sollte ich ihnen nicht glauben?"

„Wenn dies Ihr moralisches Glaubensbekenntnis ist, bin ich die Seriosität an sich. Kannst du an mir zweifeln? Warum willst du nicht ehrlich sein? Wenn ich anständig bin , warum hättest du dann keine Lust haben, mich kennenzulernen?"

„Ich bin mir nicht sicher, ob ich viel darüber nachgedacht habe. Woher wusstest du, dass ich dich nicht treffen wollte?"

„Wie konnte ich das wissen?"

Sie sah zu ihm auf, einen neuen Gesichtsausdruck.

„Das habe ich nicht", sagte sie leise, „ich – ich – verabscheute den bloßen Gedanken an dich."

Crabb blickte nachdenklich auf seinen Trüffel. „Ich danke Ihnen für Ihre Offenheit", antwortete er schließlich.

Dann, nach einer Pause: „Wenn Sie mir verzeihen, verspreche ich, das Thema nicht noch einmal zu erwähnen."

„Und wenn ich dir nicht verzeihe?"

„Zumindest für diese Stunde bist du meiner Gnade ausgeliefert", lachte er.

„Ich kann immer noch nach Italien fliegen", antwortete sie. „Ich denke, ich könnte dir verzeihen, aber nur eines."

Er sah der Frage nach.

„Dieses Abendessen. Ist es ein Zufall, dass ich die – die – Ehre Ihrer Gesellschaft verdanke?"

Crabbs Blick war auf den Tisch gefallen, aber sie hatte schon einmal ein solches Funkeln in ihnen gesehen. Auch als er sie ansah, war es nicht verschwunden.

"Was meinen Sie--"

Sie blickte ihn weiterhin unverwandt an.

„Du meinst – habe ich es arrangiert?" er hat gefragt.

Patricia senkte den Kopf.

„Wie konnte ich das tun?" er drängte.

„Ist Nick Hollingsworth nicht ein enger Freund von Ihnen?"

„Ja, aber ich sehe nicht –"

„Wirst du es leugnen?"

„Ich fürchte, Sie müssen mir ein wenig Glauben schenken", flehte er. „Jedenfalls wirst du nicht lange leiden. Ich verlasse die Stadt in ein paar Tagen."

"Für lange?" sie fragte höflich.

„Für immer, denke ich. Lässt du mich nicht vorher zu dir kommen?"

"Vielleicht--"

Aber Mrs. Hollingsworth hatte ihren Blick über die Reihe geworfen und ihren Stuhl zurückgezogen.

Als die Männer den Salon betraten, entdeckte Mr. Crabb, dass Miss Wharton sich sorgfältig in der Mitte einer Reihe von Röcken versteckt hatte, die sich weder auflösen noch aufteilen ließen. Es gab Musik und anschließend wurden Kutschen gerufen. Daher sah Mr. Crabb Miss Wharton in dieser Nacht nicht mehr. Tatsächlich sah Patricia ihn auch nicht wieder. Am nächsten Tag rief er an. Sie war draußen. Dann kamen ein Zettel und ein paar Rosen. Das Geschäft hatte ihn früher angerufen, als er erwartet hatte. Er bat darum, sie seiner hervorragenden Rücksichtnahme zu versichern; Würde sie ihm jetzt, wo er weg war, verzeihen, diese neue Unverschämtheit akzeptieren und all die vergessen, die zuvor gegangen waren?

Patricia akzeptierte die Unverschämtheit; und viele Tage lang erfüllte es ihr kleines weißes Zimmer mit verführerischen Düften, die seine letzte Ermahnung schwieriger machten.

KAPITEL IX

Die Wintermonate vergingen und Crabb kehrte nicht zurück. July fand die Whartons in Bar Harbor wieder. Patricia fuhr stundenlang in ihrem Kanu oder Segelboot hinaus und freute sich mit gebräunten Wangen und gestärkten Muskeln über die Buffets und Liebkosungen von Frenchman's Bay. Es war ein sehr kleines Katboot, mit dem sie selbst zurechtzukommen gelernt hatte und in dem sie keine männliche Hand am Ruder duldete, außer bei heftigsten Schlägen.

An einem ruhigen Nachmittag Anfang August segelte sie allein Richtung Sorrent. Es war einer dieser strahlenden Tage in Neuengland, an denen jedes Detail des Wassers und des Himmels klar wie ein Amethyst leuchtete. Hier und da schnitt ein Segel ein scharfes gelbes Rhomboid aus dem samtenen Wald. Patricia lauschte gedankenverloren dem Plätschern der winzigen Wellen und musste erneut mit ziemlich unangenehmen Gefühlen an die eine Person denken, die sie überrascht und dort festgehalten hatte. Wenn er nur noch eine Woche länger in Philadelphia geblieben wäre, hätte sie sich zumindest mit trommelnden Trommeln und wehenden Fahnen zurückziehen können.

Ein Geräusch lenkte sie ab. Sie schaute unter dem sich hebenden Segel nach Lee und konnte auf ihrem Bug, weit draußen vor Stave Island, die Linien eines umgestürzten Kanus und zwei Gestalten im Wasser erkennen. Sie löste schnell die Decke, drehte ihren Helm und stürzte sich schnell auf die Unglücklichen. Sic konnte einen Mann sehen, der sich auf ein Ende des Kanus stützte und das andere in die Luft hob, um das Wasser herauszubekommen. aber jedes Mal, wenn er das tat, schwamm ein Bullterrier zum Dollbord und warf es erneut um. Sie raste an der Leeseite vorbei und drehte ihr kleines Boot geschickt auf die Ferse, um sich längsseits in den Wind zu stellen.

"Wie geht es dir?" sagte die feuchte Person lächelnd.

Die Haare reichten ihm in Strähnen bis in die Augen. Es wunderte ihn kaum, dass sie ihn nicht erkannte.

"Herr. Krabbe!" Sie sagte schließlich ziemlich leise: „Wie ist es passiert, dass du …"

„Es war der Hund", sagte er fröhlich. „Ich dachte, er versteht Kanus."

„Er könnte dich ertränkt haben. „Na ja, es ist ‚Teddy' von Jack Masters", rief sie. „Hier, Teddy, kommen Sie sofort an Bord, Sir." Sie beugte sich über das niedrige Freibord und schaffte es mit viel Kraftaufwand, ihn hineinzuholen.

Mittlerweile war das Catboat vom Kanu abgedriftet. Endlich war es Crabb gelungen, hineinzukommen, und er rettete sich nun mit seiner Mütze.

„Willst du nicht vorbeikommen?" rief Patricia.

„Oh, mir geht es gut", erwiderte er. „Es war der Hund, um den ich mir Sorgen machte." Dann wurde ihm zum ersten Mal bewusst, dass das Paddel abgedriftet war und nun hundert Meter entfernt schwebte.

„Es tut mir leid, aber mein Paddel treibt ab."

Also kam Patricia, unter viel Gebell des verjüngten Teddys, wieder nebenher.

Da saß der zerzauste und tropfende Crabb in drei Zoll tiefem Wasser, seine leeren Hände auf den Dollborden, und schaute ziemlich albern in die blauen Augen, die ziemlich skurril nach unten lächelten.

Sie konnte der Versuchung nicht widerstehen, ihn zu scherzen. Hätte sie um Rache gebetet, hätte ihr nichts Süßeres geschickt werden können als dies.

„Du siehst eher – ähm – düster aus", sagte sie.

„Das bin ich nicht", antwortete er ruhig. „Ich war seit Monaten nicht mehr so glücklich."

„Was um alles in der Welt hindert mich daran, abzusegeln und dich zu verlassen?" Sie lachte.

„Nichts", sagte er. "Es geht mir gut. Wenn ich ausgeruht bin, schwimme ich zum Paddeln."

„Hast du gedacht, dass ich das auch mitnehmen könnte?" sie fragte süß.

„In Ordnung", lachte er und versuchte, das Klappern der Zähne zu unterdrücken. „Jemand wird bald vorbeikommen."

„Sei nicht zu sicher. Du bist wirklich sehr meiner Gnade ausgeliefert."

„Du warst nicht immer so unfreundlich."

"Herr. Krabbe!" Patricia zog sich verwirrt zur Pinne zurück. „Du bist unverschämt!" Sie holte ihr Laken ein und das Boot kam voran.

„Bitte, Miss Wharton, bitte!" er schrie. Aber Patricia rührte sich nicht von der Pinne und das Catboat glitt davon. Er sah zu, wie sie hinuntersegelte, das Paddel zurückholte und dann zu ihm zurückkehrte.

„Willst du mir nicht verzeihen und mich aufnehmen?“

„Ich schätze, ich muss. Aber ich bin mir sicher, dass es mir lieber wäre, wenn du ertrinkst. Ich habe kaum Lust auf glühende Kohlen.“

„Das tue ich aber“, plapperte er, „denn mir ist verdammt kalt.“

„Du hast es nicht verdient. Aber wenn du ertrunken wärst , wäre ich wohl schuld. Ich möchte dich um keinen Preis noch einmal auf meinem Gewissen haben.“

„Dann nehmen Sie mich bitte mit auf Ihr Boot.“

„Wirst du dich benehmen?“

"Ich werde es versuchen."

„Und beziehe dich nie wieder auf – auf –“

"Äh--"

„Dann komm bitte rein – raus aus dem Nass.“

<hr>

Es war gegen Ende August, als der Südostwind eine graue und tosende See aufgewirbelt hatte, als zwei Personen im Windschatten eines Felsens in der Nähe von Great Head saßen und zusahen, wie die riesigen Brecher zu Schaum zerschmetterten. Sie saßen sehr eng beieinander und das Wenige, was sie sagten, ging im Tosen der Elemente unter. Aber es war ihnen egal. Sie waren bereit, einfach nur dasitzen und den fruchtlosen Kämpfen des angeschwollenen Wassers zuzusehen.

„Willst du mir nicht von dem Abendessen erzählen “, sagte das Mädchen schließlich? Haben Sie Mrs. Hollingsworth nicht wirklich gebeten, Sie zu mir zu schicken?“

Der Mann blickte amüsiert auf den zerklüfteten Horizont.

„Nein, das habe ich wirklich nicht“, sagte er und dann, nach einer Pause, lachend: „Aber Nick tat es.“

„Weißes Grab!“ sagte das Mädchen. Noch eine Pause. Diesmal fragte der Mann:

„Da ist noch etwas – willst du es mir nicht sagen? Wegen dem Sonnenschirm letzten Sommer – hast du ihn wirklich vergessen – oder – oder – hast du ihn einfach liegen gelassen?“

„Mortimer!“ schrie sie und errötete wütend. „Das habe ich nicht!“

Aber er half ihr dabei, ihr Gesicht zu verbergen und lächelte dabei wohlwollend herab.

"Wirklich? Ehrlich? Wirklich?" sagte er leise.

„Das habe ich nicht – das habe ich nicht", wiederholte sie.

„Was nicht getan?" er hielt trotzdem durch.

Sie sah für einen Moment zu ihm auf, errötete noch wütender als zuvor und suchte erneut Zuflucht. Aber die gedämpfte Antwort war für den Mann deutlich zu verstehen.

„Ich – ich – *habe es nicht* – vergessen."

Aber die Felsen von Great Head hörten es nicht.

So war es Mortimer Crabb, der einen Großteil seiner Zeit damit verbracht hatte, Möglichkeiten für andere Menschen zu schaffen, endlich gelungen, eine für sich selbst zu schaffen.

Er hatte auch das Vergnügen zu wissen, dass er auch eins für Patty machte – nicht, dass dies Miss Whartons erste Gelegenheit gewesen wäre, denn jeder wusste, dass sich hinter ihrem eher ruhigen Auftreten eine launische Koketterie verbarg, die sie genauso wenig kontrollieren konnte wie die Musik der Sphären. Aber dies würde eine Gelegenheit ganz anderer Art sein, denn Crabb hatte beschlossen, dass sie sich nicht nur mit ihm verloben würde, sondern ihn zu gegebener Zeit auch heiraten würde.

Nachdem er diese Entscheidung getroffen hatte, verbrachte er seine ganze Zeit damit, sie davon zu überzeugen, dass er der einzige Mann auf der Welt war, der genau zu ihren wechselnden Launen passte. Die Summe seines Besitzes war ihr nicht bekannt gegeben worden, und es bereitete ihm große Freude, seine Überraschung zu planen. Als die *Blue Wing* im Hafen erschien, lud er sie zu einer Segelfahrt in ihrem eigenen Catboat ein, übernahm trotz ihrer Proteste ruhig das Ruder und landete, bevor sie es merkte, ordentlich an seiner eigenen Gangway. Jepson steckte seinen Kopf über die Bordwand und begrüßte sie mit einem breiten Grinsen, und Patricia folgte Crabbs einladender Geste und ging an Deck. Sie fühlte sich ganz ähnlich wie die Dame, die den Lord von Burleigh geheiratet hatte. Dann erteilte Jepson einige geheimnisvolle Befehle, und bald darauf lag sie bequem in einem Liegestuhl, und der *Blue Wing* segelte über die Brandung, die ihr den Weg zum offenen Meer zeigte.

„All dies", zitierte Crabb fröhlich mit einer feinen Geste, die den gesamten Nordatlantik umfasste, „gehört mir und dir."

„Es ist sehr nett von dir, so reich zu sein. Warum hast du es mir nicht gesagt?" sagte Patricia.

„Weil ich einen gewissen Stolz darauf hatte, dass du mich magst."

„Glaubst du, ich hätte dich wegen deines Geldes geheiratet?"

„Oh ja", sagte er prompt, „natürlich würdest du das tun. Ein reicher Mann hat ungefähr so große Chancen, in das Königreich der Romantik einzudringen, wie das biblische Kamel durch das Nadelöhr."

„Warum finde ich Sie dann so viel attraktiver, nachdem ich den *Blue Wing* *gefunden habe* ?"

„Aber du hast *mich* zuerst gefunden", lachte er.

"Habe ich?" schelmisch.

„Wenn Sie immer noch daran zweifeln, gibt es den Sonnenschirm!"

Die Erwähnung des Sonnenschirms brachte sie immer zum Schweigen.

KAPITEL X

Das war eine von vielen Kreuzfahrten, und die *Blue Wing* trug nicht wenig zur Fröhlichkeit der schwindenden Sommertage in Mount Desert bei. Es war auch der *Blue Wing* , der Anfang September die Familie Wharton samt Gepäck südwärts nach Philadelphia brachte, wo Mortimer Crabb weilte und hoffte, noch vor Weihnachten ein Heiratsversprechen einzufordern. Aber Patricia würde keine Versprechungen machen. Ihr Verlobter stellte fest, dass sie einen eigenen Willen hatte und keinen Spaß daran hatte, für die Verantwortung, die auf sie wartete, auf die Unabhängigkeit ihrer Jungfrauenschaft zu verzichten. In dieser Situation stellte Crabb fest, dass er über überraschende Tugenden in Bezug auf Toleranz und Taktgefühl verfügte. Er wusste, dass Patricia viele Bewunderer hatte. Die Wälder in Bar Harbor waren sowohl im übertragenen als auch im wörtlichen Sinne voller ihnen, und die meisten davon waren geeignet. Jack Masters und Stephen Ventnor, die in Philadelphia lebten, verfolgten die schöne Beute immer noch, die einer Bekanntgabe ihrer Verlobung mit Crabb noch nicht zugestimmt hatte.

Aber diese Männer machten ihm wenig Sorgen. Sie waren beide recht jung und ziemlich unreif und hatten bei einem Kosmopoliten von Crabbs Kaliber kaum eine Chance. Aber es gab einen anderen Mann, von dem die Leute sprachen. Sein Name war Heywood Pennington und er war drei Jahre lang als Soldat auf den Philippinen gewesen. Es war natürlich nur eine Affäre zwischen Jungen und Mädchen gewesen, und die meisten Menschen in Philadelphia hatten es vergessen, aber aus seiner gut gespeicherten Erinnerung erinnerte sich Crabb an mindestens eine Kalbsliebe, die sich später zu einem wahren Bullen entwickelt hatte. der- porzellan -laden. Es war nicht so, dass er nicht fest daran geglaubt hätte, dass Patricia ihn heiraten würde, und es war nicht so, dass er nicht an Patricia geglaubt hätte. Er wusste nur, dass sein ganzes Glück zum ersten Mal in seinem Leben von diesem am wenigsten stabilen, aber wunderbarsten aller Geschöpfe abhing: der unbewussten Kokette. Darüber hinaus glaubte Mortimer Crabb fest an sich selbst und glaubte auch, dass Patricia, wenn sie mit ihm verheiratet wäre, ihr offensichtliches Schicksal sicher erfüllen würde.

Blue Wing erwähnt worden war und Patricia seufzte und ihren Blick zum Horizont richtete, wieder bei einem Abendessen in Bar Harbor, und später in Philadelphia, im Club. Nach und nach hatte Crabb die Geschichte von Heywood Pennington kennengelernt, von den wilden College-Tagen über seine kurze Geschäftskarriere bis zu den stürmischen und kaum ehrenhaften Abenteuern, die dazu geführt hatten, dass er vor drei Jahren unter falschem Namen in die reguläre Armee aufgenommen wurde. Es war keine glaubwürdige Geschichte für einen Mann aus Penningtons Vorfahren, und als sein Name erwähnt wurde, wandten sich selbst die Leute, die ihn am längsten kannten, ab und entließen ihn mit einem Wort.

Der Name des Soldaten wurde zwischen dem Verlobtenpaar nie weitergegeben, und soweit es Crabb betraf, hätte Mr. Pennington möglicherweise nie existiert.

Patricia mangelte es an nichts, was die anspruchsvollste Verlobte verlangen könnte. Auf dem Landsitz Wharton in der Nähe von Haverford kamen regelmäßig Rosen und Veilchen an, und nachmittags kam Crabb selbst in einem Auto, immer fröhlich, immer geduldig, immer originell und amüsant.

Patty gab diesem abwechselnd ruhigen und leidenschaftlichen Werben unweigerlich nach und stimmte schließlich Ende September zu, die Verlobung bekannt zu geben. Die Nachricht wurde in ihrem eigenen Familienkreis mit erfreutem Erstaunen aufgenommen, denn Mortimer Crabb hatte zu diesem Zeitpunkt viele Freunde in Philadelphia gefunden, und Miss Wharton hatte so viele Angebote abgelehnt, dass ihre Leute, die sich an Pennington erinnerten, entschieden hatten, dass es ihrem hübschen Verwandten bestimmt sei ein Leben voller Segen. Sie regten sich sofort zu einer Reihe von Unterhaltungen zu ihren Ehren auf, von denen die erste eine Rasenparty und ein Maskenball auf dem Landsitz ihres Onkels Philip Wharton in der Nähe von Bryn Mawr war .

Philip Wharton machte keine halben Sachen, und nach der Rückkehr von der Küste und den Bergen begrüßte die Gesellschaft die erste große Unterhaltung, die den Beginn des Landlebens zwischen den Jahreszeiten markieren sollte.

Die fröhliche Menge strömte aus den breiten Toren in die laue Nacht, befreit aus dem Land der Sachlichkeit, in ein Reich der Verzauberung. Fröhlich geschmückte Kavaliere, die sich im Geiste der Charaktere bewegten, die sie darstellten, schritten galant in der Schleppe ihrer Damen, deren anmutige Vorhänge wie ein Film von weißen Schultern schwebten und in ihren seidenen Maschen den Schimmer der Mondstrahlen fingen. Helle Augen blitzten aus den Schlitzen der Masken, und mutigere blickten forschend in sie hinein. Alle Zeitalter hatten sich auf einem gemeinsamen Treffpunkt versammelt; Ein Cinquecento rieb die Ellbogen mit einem amerikanischen Indianer, Jeanne d'Arc beschwichtigte einen Kreuzritter, eine Nonne riskierte ihre Hoffnung auf Erlösung durch einen Flirt mit dem Teufel, die Augen einer puritanischen Magd fielen vor die Blicke eines Matadors. An Kostümen und Bühnenbild wurde nichts gespart, um das Bild zu vervollständigen. Die Musik hielt einen Moment inne und ging dann in den Rhythmus eines Walzers über. Ein Murmeln der Freude und wie eine Veränderung im Kaleidoskop kamen alle Teile auf der Terrasse zusammen.

Hier kam es zu einer Umleitung. Eine Gruppe auf den Stufen lachte, und ihre Blicke richteten sich in eine Richtung. Auf der Balustrade saß im Schein der chinesischen Laternen ein Landstreicher und trank ein Glas Punsch vom Erfrischungstisch in der Nähe. Es war eine wunderbare Verkleidung, die er trug. Das Hemd aus dunklem Stoff war fleckig und zerrissen, der Hut, ein brauner Armeehut, war aus der Form geraten und in die Krone waren viele Löcher gebohrt worden. Die Hosen hatten die Farbe von trockenem Gras angenommen und die Stiefel waren alt, geflickt und gelb von Schlamm und Dreck. Anstelle der herkömmlichen schwarzen Maske trug er ein um die Stirn gebundenes Kopftuch mit Löchern für die Augen. Die Enden des Taschentuchs hingen bis zu seiner Brust und verbargen seine Gesichtszüge, aber unter seinen Rändern waren ein braunes Ohr und ein fleckiger Bart zu sehen. Während die Menge ihn beobachtete , hob er feierlich sein Glas und machte Gesten, auf ihre Gesundheit zu trinken. Es gab tosenden Applaus. Eine skurrile Arroganz in der Haltung der kantigen Schultern und der Neigung des Kopfes verlieh der düsteren Figur zusätzliches Interesse. Er sah aus wie eine Zeichnung aus den Seiten einer Comic-Wochenzeitung, aber die Zurschaustellung seiner Geste verlieh ihm eine Würde, die die Ähnlichkeit weniger sicher machte. Als sich die Menschen um ihn drängten und versuchten, seine Tarnung zu durchdringen, stieg er von seinem Platz herunter und schlenderte in die Dunkelheit davon. Als die Musik wieder aufhörte , war er von einer neugierigen Gruppe umgeben, in deren Mitte er jedoch grotesk und unergründlich auftragte. Zu denen, die ihn zu genau befragten, murmelte er über ihre Einmischung und sagte ihnen, sie sollten gehen. Dann schnallte er seinen Gürtel enger und fragte, wann das Abendessen fertig sei.

"Bist du hungrig?" fragte jemand. Er starrte den Fragesteller böse an.

„Was für ein Landstreicher wäre ich, wenn ich keinen Hunger hätte?" Er knurrte und die Leute um ihn herum lachten erneut. Also führten sie ihn zu einem Tisch und fütterten ihn. Er aß hungrig. Sie brachten ihm etwas zu trinken und es schien in seiner Kehle zu verschwinden, ohne auch nur seine Lippen zu berühren.

„Ist er nicht großartig?" sagte Patricia Wharton, die gerade zusammen mit Mortimer Crabb aufgetaucht war. "Aber wer--? Mir fällt niemand ein, und doch –"

Der Landstreicher blickte plötzlich zu ihr auf und ließ seine Gabel auf den Tisch fallen.

„ *Herrlich* ", rief er. "Das bin ich. *Prächtig*. Ich glitzere wirklich in diesem Haufen, nicht wahr?"

Es lag etwas unwiderstehlich Komisches in der Geste, mit der er die Gruppe fegte.

Patricia beobachtete ihn immer noch – ein verwirrter Ausdruck in ihren Augen.

"Wer ist er?" Sie fragte; aber Crabb schüttelte den Kopf. „Ich habe keine Ahnung – aber er *ist* schlau. Und schauen Sie sich diese Stiefel an – sie sind echt. Allerdings würde ich nicht versuchen wollen, darin zu tanzen."

Der Landstreicher leerte sein Glas, stellte es auf den Tisch und wischte sich den Mund mit dem Handrücken ab, stand auf und verschwand zwischen Palmen und Hortensien in der Dunkelheit.

Für einen angesehenen Gast verhielt sich der Landstreicher dann seltsam, denn als er einen geschützten Platz im Gebüsch am Ende des Englischen Gartens erreicht hatte, sank er in voller Länge ins Gras und vergrub laut stöhnend seinen Kopf in seinen Händen . Es war drei Jahre her, seit er sie gesehen hatte – drei Jahre, und doch war sie noch genau so, wie er sie zuletzt gesehen hatte. Die Zeit hatte sie sanft berührt, sie nur spielerisch gestreichelt und ihre Gesichtszüge zu reifer Schönheit abgerundet, während er – – Eine Vision von Lagern, Städten, Scharmützeln, Orgien kam in einer ungeordneten Prozession aus seinem Kopf, die allesamt in dem Vorfall gipfelte, der geschehen war brachte ihn in den Ruin. Zumindest *war* jedes Detail klar; die plötzliche Wut, als die Bande der Geduld den Punkt erreichten, an dem sie rissen – und dann der Schlag. Der Landstreicher lachte schallend. Er konnte jetzt das Grinsen im Gesicht des betrunkenen Leutnants sehen, als er nach hinten kippte und mit dem Kopf auf der Kante des Mahagonitischs aufschlug. Danach – Eisen, das Kriegsgericht, der Transport, Alcatraz, seine Chance, die freundliche Planke, das Schwimmen zum Festland und die Freiheit. Er hatte nie gehört, ob der Mann lebte oder starb. Es war ihm egal. Er bekam, was auf ihn zukam.

Der Landstreicher war immer noch ein Flüchtling. Er war seit dem Morgen vom Bahnhof Malvern zu Fuß gelaufen, wo er aus dem Güterzug geworfen worden war, an dem er eine Fahrt östlich von Harrisburg gearbeitet hatte. In Bryn Mawr hatte er an der Hintertür eines Landhauses, in dem er einst ein gern gesehener Gast gewesen war, um eine Mahlzeit gebeten – die Ironie war ihm tief in die Seele eingedrungen. Ein geschwätziger Chauffeur hatte ihn zum Ausruhen in seine Garage gelassen und ihm eine Zigarette gegeben, bei der er von den jüngsten Vorkommnissen in der Nachbarschaft erfahren hatte. Der Gedanke, sich in dieser Nacht auf Philip Whartons

Gelände zu wagen, war ihm in den Sinn gekommen, während er im Wald an der Golfstraße lag und sich zu überlegen versuchte, ob seine müden Füße ihn die zwölf Meilen tragen würden, die noch zwischen ihm und der Stadt blieben.

Warum war er zurückgekehrt? Gott wusste es. Seine Füße hatten ihn vorwärtsgezogen, als ob sie von einer Kraft angetrieben würden, der er nicht widerstehen konnte. Jetzt, wo er sich in der Nähe des Zuhauses seiner Kindheit befand, schien es, als wäre jeder andere Ort auf der Welt besser gewesen. Es war so real – die friedliche Seriosität dieses Landes – so ähnlich wie sie. Und doch verärgerte ihn gerade ihre Friedfertigkeit und Seriosität. Hatte es nichts gebracht, zu hungern, zu dürsten und zu schwitzen, damit die Ehre dieses Volkes und anderer wie es gewahrt bliebe? Sogar Patricias Tadellosigkeit war intolerant – vorwurfsvoll. Die Quellen der Erinnerung, die gerade bei ihrem Anblick gesprudelt waren, waren in ihrer Quelle versiegt. Es gab einen dumpfen Schmerz, ein Niedergang des Geistes, der fast einem körperlichen Schmerz ähnelte; aber das unvernünftige Fieber des eigensinnigen Jungen, die zerreißende Wut des ausgestoßenen Soldaten fehlten, und er lag lange Zeit regungslos da, wo er gefallen war.

KAPITEL XI

Patricia Wharton stand nach dem Tanz einen Moment am Rand der Terrasse, legte ihre Hand auf Mortimer Crabbs Arm, kam auf den Weg und zog einen Vorhang über ihre weißen Schultern.

"Was ist es?" fragte Crabb. „Dir ist nicht kalt?“

„Oh nein“, sagte sie leise. „Ich glaube, ich bin ein bisschen müde.“

„Komm“, sagte er. „Es gibt einen wunderschönen Ort – genau hier.“ Er führte sie über den Rasen und durch eine Öffnung in den Bäumen zu einer Gartenbank im Schatten, einer Stelle, die keiner der anderen Maskierer entdeckt hatte. Durch den Laubschirm konnten sie die fröhlichen Gestalten sehen, die wie Irrlichter über den goldenen Rasen schwebten, aber hier waren sie still und unbeobachtet. Patricia sank seufzend auf die Bank, während Crabb neben ihr saß.

"Sind Sie glücklich?" fragte er nach einer Weile .

„Perfekt“, murmelte sie. „Was für eine schöne Party!“ Sie legte ihre Hand in seine und rückte etwas näher an ihn heran, dann saß sie lustlos da und suchte mit ihren Augen nach den Zwischenräumen zwischen den Zweigen, in denen sich die Menschen befanden. „Ich möchte nicht zu schnell alt werden“, sagte sie. „Die ganze Welt ist heute Abend in kurzen Kleidern gekleidet. Wäre es nicht gut, für immer jung zu sein?“

Crabb lächelte nachsichtig.

„Ja“, sagte er. „Es ist gut, jung zu sein. Aber ist es nicht etwas, das deinen Platz in der Welt einnimmt? Ich möchte, dass Sie wissen, was ein Mann für die Frau tun kann, die er liebt. Willst du mich nicht lassen? Bald?" Er beugte sich über sie und nahm den runden Arm in seine starke Hand. Sie zog es nicht zurück, aber irgendetwas sagte ihm, dass in der Kette ein Glied des Mitgefühls fehlte. Da sie nicht antwortete, richtete er sich auf und saß trübsinnig vor ihm.

„Halten Sie mich bitte nicht für launisch“, begann sie. „Du bist alles, worauf ich hoffen kann – und doch –“

"Und doch?" er wiederholte.

Sie hielt einen Moment inne, dann unterbrach sie: „Verzeihen Sie mir, nicht wahr? Ich weiß nicht, was es ist. Etwas hat mich seltsam berührt.“ Sie lehnte sich gegen die Rückenlehne der Bank, legte ihren Kopf in ihre Hand, weg von ihm, und Crabb drehte sich eifersüchtig zu ihr um.

„Du hast gedacht – an ihn – an den anderen.“

„Warum sollte ich nicht ehrlich zu dir sein? Ich kann nicht anders. Etwas hat ihn plötzlich in meine Erinnerung gebracht. Ich habe mich gefragt--"

"Ja."

„Ich habe mich gefragt, wo er jetzt ist – heute Abend. Es ist so schön hier. Es wurde alles getan, um uns glücklich zu machen. Ich dachte, wenn ich ihm eine Zeile geschrieben hätte , hätte ich ihm vielleicht eine schreckliche Prüfung erspart. Es war natürlich nur eine Jungen-und-Mädchen-Affäre, aber …"

Plötzlich hörte Patricia auf zu sprechen, und beide drehten ihre Köpfe in Richtung der dunklen Büsche hinter ihnen.

"Was war es?" Sie fragte.

„Ein toter Ast fällt", antwortete er.

Sie lauschten noch einmal, aber alles, was sie hörten, war der Klang des Orchesters und die Stimmen der Tänzer.

„Du erteilst mir eine Lektion in Geduld", begann Crabb erneut nüchtern. „Ich kann natürlich warten. Ich bin nicht eifersüchtig auf *ihn* ", sagte er. „Ich habe mich nur gefragt, wie du überhaupt an ihn denken kannst."

„Ich denke nicht an ihn – nicht auf *diese* Weise. Ich glaube, ich habe überhaupt nicht an ihn gedacht – bis heute Abend. Heute Abend muss ich an andere denken, denen es weniger gut geht als uns. Ich nehme an, dass es nur natürlich ist, dass er leiden sollte. Irgendwie schien es ihm nie gelungen zu sein, die Dinge richtig zu machen; sein Standpunkt war immer schief. Er war ein wilder Junge – aber er war ein Mensch."

Sie hielt inne und faltete die Hände vor sich. Crabb saß schweigend neben ihr, aber seine Stirn war getrübt. Als er sprach, klang seine Stimme leise und verhalten.

„Halten Sie es für nett – klug, jetzt darüber zu sprechen?"

„Ich dachte, wenn er vielleicht ein bisschen Glück gehabt hätte –"

„Vielleicht ist er zu dir zurückgekommen?"

Patricia drehte sich zu ihm um und nahm mit einer schnellen Bewegung eine seiner Hände in ihre beiden.

„Sprich nicht so", flehte sie. „Das darfst du nicht."

Aber seine Finger weigerten sich immer noch, auf ihren Druck zu reagieren.

„Wenn ich überhaupt an ihn denke, dann deshalb, weil ich gelernt habe, wie großartig die Liebe ist und wie viel größer ihr Verlust sein muss. „Weißt du", flüsterte sie schüchtern, „du weißt, dass ich – ich liebe dich."

„Gott segne dich dafür", murmelte er.

Sie waren so versunken, dass sie das Geräusch hinter sich nicht hörten – ein unterdrücktes Stöhnen wie das eines schmerzenden Tieres.

"Wirst du mir vergeben?" fragte das Mädchen schließlich. „Jetzt ist alles vorbei. Ich werde nie wieder darüber sprechen. Ich habe dir den Abend verdorben. Du bereust es nicht?"

Crabb lachte glücklich.

„Ich verspreche, brav zu sein", sagte sie leise. „Ich werde tun, was immer du von mir verlangst –"

„Wirst du mich nächsten Monat heiraten?"

„Ja", murmelte sie, „wann immer du willst."

Er nahm sie in seine Arme und küsste sie. Sie waren eine Zeit lang taub für alle Stimmen außer denen in ihrem Herzen. Unter den Bäumen hinter ihnen brachen winzige Zweige, und auf der anderen Seite trat eine düstere Gestalt ins Freie und verschwand in der Dunkelheit an der Gartenmauer. Und als sie zurück ins Haus gingen, ahnten sie nicht, was geschehen war, außer dass ihnen ein neues Wunder widerfahren war, das eigentlich sehr alt ist.

Als Patricia das Wunder in Form ihrer Verlobung mit Mortimer Crabb ankündigte, erhob sich tatsächlich ein Dankgebet von mindestens drei jungen Frauen aus ihrem Bekanntenkreis. Und obwohl diese weiblichen Bittsteller genauso sich selbst überlassen waren wie vor der Bekanntgabe, war es ein gewisser Trost zu wissen, dass sie nicht im Weg war – zumindest, dass sie so weit wie möglich aus dem Weg war Patricia soll gefesselt oder ungefesselt sein. Jack Masters ging ins Ausland, Steve Ventnor ging tatsächlich zur Arbeit und verschiedene andere Kerle suchten nach neuen Herausforderungen.

Ross Burnett war Trauzeuge und begleitete das glückliche Paar nach der Zeremonie und dem Frühstück auf dem *Blue Wing* zu ihrer langen Südkreuzfahrt. Sie boten ihm Geleitschutz bis nach Washington an, wohin er wollte, doch an ihrem Blick erkannte er, dass er nicht erwünscht war, und mit dem Versprechen, sie nach ihrer Rückkehr in New York zu treffen, winkte er ihnen zum Abschied zu vom Pier und nahm den Faden seines Regierungsgeschäfts dort auf , wo er abgelegt worden war. Es kommt nicht oft vor, dass aus Schurken Gutes entsteht, und die Erinnerung an das Abenteuer, in das Crabb ihn verwickelt hatte, beunruhigte oft sein Gewissen. Was wäre, wenn er eines Tages Baron Arnim oder Baron Arnims Mann treffen und erkannt werden würde? Im Außenministerium hatte Crowthers ihm keine Fragen gestellt und er hatte es für klug gehalten, keine Erklärungen abzugeben. Sicher war jedoch, dass sein gegenwärtiger Wohlstand allein diesem Abenteuer zu verdanken war. Nach erfolgreichem Abschluss seiner Südamerika-Mission war er mit der Gewissheit nach Washington zurückgekehrt, dass andere und noch wichtigere Aufgaben auf ihn warteten. Sein Standpunkt hatte sich geändert. Alles, was er brauchte, war Initiative, und nachdem Crabb diesen Mangel ausgeglichen hatte, hatte er gelernt, der Welt wieder mit den kantigen Schultern des Mannes gegenüberzutreten, der sich endlich selbst gefunden hatte. Die Welt lag ihm zu Füßen und er öffnete sie, wann und wie er wollte.

Es war vielleicht diese neue Einstellung, die es ihm ermöglichte, die Zähmung von Mortimer Crabb zur Kenntnis zu nehmen, denn als er Braut und Bräutigam in ihrem prächtigen Haus in New York besuchte, entdeckte er, dass Crabb es sich zur Gewohnheit gemacht hatte, nach dem Abendessen im Sessel zu sitzen , und dass das Eheleben, das er sein ganzes Leben lang verabscheut hatte, das Leben für ihn sei. Es bedurfte der gemeinsamen Anstrengungen von Burnett und Patricia, um ihn zu verdrängen.

„Er ist absolut unmöglich“, sagte Patricia. „ Er sagt, dass er das Problem des Glücks gelöst hat – dass er mit der Welt fertig geworden ist. Es ist so ähnlich wie bei einem Mann“, und sie stampfte mit ihrem kleinen Fuß auf, „zu denken, dass die Ehe das Ende von allem ist, obwohl sie – wie jeder weiß – nur der Anfang ist.“ Er wird schon dick, und ich weiß, ich bin mir sicher, dass er eine Glatze bekommen wird. Wollen Sie mir nicht helfen, Mr. Burnett?“

„Das ist eine schreckliche Aussicht – Benedick, der verheiratete Mann. Du brauchst nur Teppichpantoffeln und ein Krippenbrett, Mort, um das Bild zu vervollständigen. Haben Sie aufgehört, nach Möglichkeiten zu suchen?“

„Ah ja“, sagte Crabb gedehnt, „Patty ist die einzige Gelegenheit, die ich jemals hatte – zumindest – äh – die einzige, die es wert ist, angenommen zu werden –“

„Mortimer!“

„Und gehst du nie in den Club?“ lachte Ross.

"Ach nein. Ich bin dort tabu, seit ich in Philadelphia lebe. Außerdem bin ich kein Junggeselle mehr, wissen Sie. Wenn Patty nur nicht darauf bestehen würde, mich rauszuziehen –"

Patricia lachte.

„Zweimal, Ross, schon diesen Winter", fuhr Crabb fort. „Es ist Grausamkeit, nicht weniger." Aber die Täterin lächelte, und gerade in diesem Moment beugte sie sich vor, legte ihre Hand in die ihres Mannes und sagte lachend: „Mort, du weißt, dass wir Ross sofort heiraten müssen."

"Mich?" sagte Burnett alarmiert.

"Natürlich. Ein Junggeselle spottet nur dann über einen Benedick, wenn er die Hoffnung aufgegeben hat –"

„Oh, ich sage jetzt – ich bin nicht so alt."

„Dann hoffen Sie doch?"

„Oh nein, ich warte nur – auf ein Wunder."

„Dies ist nicht das Zeitalter der Wunder", bemerkte Patty nachdenklich, „zumindest nicht der Wunder dieser Art." Wie kannst du erwarten, dass sich jemand in dich verliebt, wenn du ständig von einem Ende der Welt zum anderen springst? Kein Mädchen möchte ein Känguru heiraten – nicht einmal ein diplomatisches Känguru." Sie hielt inne und musterte ihn mit zur Seite geneigtem Kopf. „Und doch weißt du, dass du einigermaßen anständig aussiehst –"

"Oh Danke!"

„Sogar distinguiert – diese fremde Art, seinen Schnurrbart zu tragen, ist wirklich sehr hübsch. Ich denke, mit etwas Coaching reicht das aus."

„Wirst du mich coachen?"

„Ich bin dagegen", unterbrach Crabb träge.

"Ich werde. Du bist es durchaus wert, geheiratet zu werden – ich bin zumindest sicher, dass du deine Frau nicht zu ihren eigenen Strafen und Strafen verurteilen würdest."

„Ich nicht. Sie würde Fernweh bekommen – oder sich scheiden lassen."

„Prahl dich nicht, schlimmere Vagabunden, als du gezähmt wurdest – komm, was soll sie sein – blond oder brünett?"

Burnett zuckte mit den Schultern. „Mir ist das ziemlich egal – Pigmente sind heutzutage billig."

„Jetzt spottest du."

Ross Burnett lehnte sich in seinem Stuhl zurück und lächelte den Kronleuchter an. Frauen waren von seiner Liste der Möglichkeiten schon lange ausgeschlossen. Aber Patricia war nicht zu leugnen.

„Du sollst verheiratet sein", sagte sie mit der Miene eines Orakels, „und zwar bevor das Jahr um ist. Ich schwöre es."

„Aber warum willst du, dass ich –"

"Rache!" sagte sie tragisch. „Du hast mir geholfen, mich mit Mort zu verheiraten."

Und die junge Oberin hielt ihr Wort, auch wenn ihre Methode vielleicht ungewöhnlich war.

Es geschah auf folgende Weise, und Burnetts Bruder und Miss Millicent Darrow waren ihre unbewussten Agenten. Miss Darrow war zur Akademie-Ausstellung gegangen. Die Räume waren angenehm überfüllt. Sie war sich einer gewissen Würde und Ruhe im Charakter ihrer Umgebung bewusst. Sie holte ihren Katalog hervor, schlug ihn entschlossen bis zur ersten Seite auf und nahm die Menschen um sie herum in einem Moment nicht mehr wahr. Sie gehörte nicht zu der großen Armee, „die weiß, was sie will". Sie hatte eine instinktive Wahrnehmung des Guten und war nicht wenig erstaunt über die meisterhafte Arbeit jüngerer Männer, deren Namen sie noch nie gehört hatte. Es war ein unangenehmer Kommentar zur Mentalität und zum Geschmack der Umgebung, in der sie sich bewegte, und sie war sich eines Schuldgefühls bewusst; Denn war sie nicht ein Spiegelbild der Unzulänglichkeiten derer, die sie so gerne verurteilen wollte? „The Plain – Evening – William Hazelton" – eine direkte Darstellung eines Hochlandfeldes in der Abenddämmerung, zwischen Porträts bekannter Männer; „Sylvia – Henry Marlow" – ein Mädchen in einem grünen Mieder, bemalt mit Wissen und Selbstvertrauen.

In einem anderen Raum befanden sich die Dinge in einer höheren Reihenfolge – sie kannte sie auf den ersten Blick; und an der gegenüberliegenden Wand ein Ganzkörperporträt, das wie ein Sargent aussah. Sie war verwirrt über die Farbe, die sich von der aller Männer unterschied, an die sie sich erinnerte. Die Sargents, die sie kannte, waren in einem anderen Raum versammelt – und doch herrschte hier die Kraft und Weite des Meisters. Sie empfand die gleiche Verwirrung – „Agatha – Philip Burnett", heißt es im Katalog. Sie sank auf eine Bank davor und gab sich stillem Entzücken hin.

„Wenn ich ein Mann wäre", sagte sie schließlich, „möchte ich so malen: die Zeichnung von Sargent, die Poesie von Whistler, die Anmut von

Alexander, die Farbe von Benson." „Philip Burnett", apostrophierte sie, „ich bin ein Philister. Verzeihen Sie mir."

KAPITEL XII

Unter dem gedämpften Licht von oben war es sehr angenehm. Mit entzücktem Blick verfolgte sie den Schwung des Vorhangs und empfand eine fast sinnliche Freude am Verhältnis der Farben und der Anmut der Arme und des Halses – der Einfachheit der Modellierung und der bewundernswerten Charakterisierung.

Sie wiederholte:

„'Und diejenigen, die gut waren, werden glücklich sein, sie werden auf einem goldenen Stuhl sitzen; Sie werden auf einer Zehn-Meilen- Leinwand mit Pinseln aus Kometenhaaren planschen.'

„Philip Burnett, ich frage mich, ob du gut bist? Das solltest du sein. Es wäre gut, wenn ich so malen könnte. Ich würde auch eine Ewigkeit am Stück arbeiten. Wie könnte man jemals müde werden, Adagios in Farbe zu machen? Oh!" Sie seufzte. „Wie gut muss es sein, etwas zu bewirken!"

Eine Prozession freundlicher, ausdrucksloser Gesichter zog vor der Leinwand vorbei, Geschöpfe eines gemeinsamen Schicksals, gekleidet in die Uniform der Konvention und mit den höflichen Waffen der Vanity Fair, jedes wie das andere und ebenso uninteressant. Die wenigen, die die leuchtenden Chevrons der Vornehmheit trugen, waren eine Zeit lang mit der Menge marschiert, waren dann aber zu ihren eigenen zurückgekehrt. Sie fragte sich, ob es wirklich wichtig wäre, wenn sie sie nie wieder sehen würde; natürlich die Frauen – aber die Männer. Würde es sie interessieren?

Gab es nicht ein anderes Leben? Es lockte sie. Wie war Philip Burnett? Konnte er sowohl jung und gutaussehend als auch begabt sein? Die leeren Gesichter verschwanden und an ihrer Stelle konnte sie dieses junge Genie – Antinoos und Herkules zusammen – vor dieser Leinwand stehen sehen, die aus reiner Freude an der Arbeit lebte. Hier war ihre Antwort. Sollte sie durch verzauberte Gärten huschen, die andere Menschen gepflanzt hatten, und nur an den duftenden Blütenblättern nippen, während der zu sammelnde Honig in Sichtweite war?

Direkt neben ihr ertönte eine Stimme:

„Es ist überzeugend, aber ich sage dir, Burnett, der Arm ist zu lang."

"Vielleicht. Allerdings nicht schlecht für einen neuen Mann. Sie wissen, dass wir Burnetts ein außergewöhnliches Rennen sind."

Die Männer entfernten sich und die Antwort des anderen ging im Gemurmel der Menge unter. Miss Darrow drehte sich um, um ihnen mit den Augen zu folgen – was für ein großer Kerl er war! mit einem bewundernswerten Profil, einer geraden Nase, einem gewachsten Schnurrbart und einem Kinn wie auf der Maske des Brutus. Eingebildet, natürlich! Alle Künstler waren eingebildet. Und wer war das bei ihm – Mortimer Crabb? Ja, und da war die Braut, die mit den Pendergasts sprach .

„Warum, Milly, Liebes!" Mrs. Pendergast warf einen gleichgültigen, aber aufmerksamen Blick auf ihre Bekannte. „Ich dachte, du wärst in Aiken. Was für ein schöner Hut! Gehst du zu den Inghams? Was wirst du tragen? Ist es hier nicht erholsam?"

Miss Darrow stimmte höflich zu und versuchte zu antworten, doch ihr Blick richtete sich auf das Porträt von Burnett.

„Umwerfend", fuhr Frau Pendergast fort . „Ein neuer Mann ist gerade vorbei. Ziemlich zu clever. Wundervolle Farbe, nicht wahr? Wie ein reifer Granatapfel."

"Hast du ihn getroffen?"

"NEIN. Er gehört jedoch zu den Westchester Burnetts. Frau Hopkinson. So froh. Ist Frederick hier?"

Die sympathische Dame hatte den Teil der Galerien in der Nähe des Burnett-Porträts zu einem Anschein ihres eigenen geschäftigen Salons gemacht. Weitere Bekannte kamen hinzu und Miss Darrow verlor sich bald im Labyrinth des Smalltalks. Ein breites Paar Schultern wurde nach vorne in ihre Gruppe geschoben, und Miss Darrow blickte in ein Paar fragender grauer Augen, die eine ziemlich offene Bewunderung in ihre strahlten. „Miss Darrow – Mr. Burnett", sagte Patricia Crabb; und Millicent Darrow war sich bewusst, dass der Neuankömmling sie in einem Moment still und geschickt an sich gerissen hatte und sie auf die gegenüberliegende Seite des Raumes führte, wo er für sie einen Winslow Homer aus Steinen und stürmischer Pracht vorfand.

„Warum", fragte sie nach ihrer ersten Begeisterung, „dass das Werk des Künstlers so selten die Persönlichkeit seines Schöpfers widerspiegelt?"

„Die Perversität des menschlichen Tieres", lachte er. „Das ist das Justizsystem der großen Republik der Künste, Miss Darrow. Wenn wir hier eine Eigenschaft verlieren, gewinnen wir sie woanders hinzu. Ziemlich schöne Balance, finden Sie nicht?"

„Sie sehen kaum wie ein Dichter aus, Mr. Burnett – stört es Sie nicht, wenn ich das sage?" Sie lachte. „Und wenn du träumst, dann tust du es mit weit geöffneten Augen."

Mr. Burnetts Brauen waren verwirrt. „Ich bin wirklich kein großer Träumer. Ich bin ziemlich beschäftigt, wissen Sie."

„Es ist großartig von dir. Du hast lange gearbeitet?"

„Ähm – ja – seit ich das College verlassen habe", sagte er, während sich das Gewirr in seinen Brauen plötzlich auflöste. Ein Lächeln erhellte nun seine eher skurrilen Augen. Miss Darrow lachte offen in sie hinein.

„Kunst ist lang – du musst mindestens dreißig sein."

„Weniger", korrigierte er. „Jugend ist meine Entschädigung dafür, dass ich kein Anwalt oder Makler bin."

Sie war sich der persönlichen Note ihres Gesprächs bewusst, machte aber keine Anstalten, dies zu vermeiden. Dieses Genie von weniger als dreißig Jahren zeigte jedes Zeichen von Vernunft und guter Kameradschaft.

„Wer ist Agatha?" sie fragte plötzlich.

„Ein – äh – ein Freund von mir in Paris."

"Oh!" sagte sie verwirrt.

Und dann:

„Das Gesicht ist aus dem Osten – der Slawin – hast du sie für diese Figur ausgewählt?"

"Gar nicht. Sie war – ähm – nur – nur eine Babysitterin – eine Provision, wissen Sie."

"Wie interessant!"

Sie hatten die Runde durch den Raum gemacht und standen nun wieder vor dem Porträt.

„Es war ein Glück, ein so gutes Modell zu haben", fuhr er fort. „Das tut man nicht immer. Haben Sie jemals posiert, Miss Darrow?"

"ICH? Nein niemals. Vater hat diesen Winter versucht, mich malen zu lassen. Aber ich war so beschäftigt – und dann geht es in zwei Wochen nach Süden –, dass wir es nicht geschafft haben."

"Was für eine Schande!" Das subtile Funkeln in seinen Augen war erloschen, die sie im Schatten ihrer schweren Wimpern aufmerksam ansahen.

"Sie sind sehr lieb. Möchtest du mich wirklich malen?" sagte Miss Darrow. „Angenommen, ich sage, du solltest es tun. Ich möchte, dass mein Porträt gemacht wird. Wenn du mich halb so wunderbar wie Agatha machst, werde ich glücklich sterben. Kommst du morgen um fünf nicht vorbei? Wir können darüber reden. Ich muss jetzt gehen. Nein, nicht jetzt, morgen. Auf Wiedersehen." Sie reichte ihm mit einem freundlichen Nicken die Hand und schlängelte sich durch die Menge, während Burnett auf die Karte starrte, die sie ihm in der Hand gelassen hatte.

Auf dem Weg nach oben in der Maschine untersuchte Patricia ihn und lächelte neugierig.

„Was für eine Wahnvorstellung du bist, Ross Burnett! In einem Moment über die Ehe schimpfen und im nächsten wie ein zahmer Bär dem ersten hübschen Mädchen auf den Fersen sein, das einem über den Weg läuft."

„Sie *ist* hübsch, nicht wahr?" gab er prompt zu.

„Und der letzte Schrei – das ist ihre dritte Staffel, wissen Sie. Du schienst sehr schnell voranzukommen –"

„Oh, es war alles ein Fehler", lachte Burnett. „Sie dachte, ich wäre ein Künstler."

"Ein Künstler? Was in aller Welt--"

„Ich werde ihr Porträt machen –"

"Du!" Patricia beugte sich eifrig vor. "Wie meinst du das?"

„Dass ich Bruder Philip bin – der Kerl, der die Agatha gemacht hat. Sie verwechselte mich mit ihm und war dabei so nett, dass ich mich nicht gerne einmischte."

Crabb zündete sich eine Zigarette an.

„Ich fürchte, mein lieber Ross, dass der Osten einen Teil Ihrer moralischen Stärke geschwächt hat", sagte er.

„Es ist absolut entzückend", lachte Patricia.

„Aber Ross kann nicht malen –"

„Ich würde es gerne versuchen", sagte Burnett.

„Fiddlesticks!"

Patricia sagte nichts mehr, aber auf dem ganzen Weg nach Hause zeigte sich auf ihrem Gesicht ein Lächeln, das nicht verschwinden wollte. Das Wunder war geschehen. Hätte sie New York durchsucht, hätte sie kein Mädchen finden können, das besser zu Ross Burnett passte. An diesem Abend hatte Mortimer etwas zu schreiben, aber Patricia und ihr Gast saßen lange und unterhielten sich ernsthaft in der Bibliothek. Sie zogen Mortimer nicht ins Vertrauen, denn Patricia hatte nun voller Freude den Mantel angezogen, den ihr Mann so achtlos beiseite geworfen hatte. Hier bot sich eine Gelegenheit, und Patricia wurde zur Göttin in der Maschine.

KAPITEL XIII

Mehrere Tage vergingen. Ross Burnett ging im Atelier umher und richtete eine Leinwand auf einer Staffelei aus, zog Vorhänge hervor, zog Vorhänge hoch und runter und spähte in Schubladen und Truhen auf eine Art und Weise, die einen unsicheren Geisteszustand verriet. Endlich schien er zu finden , wonach er suchte – einen Vorhang aus weichem grauem Stoff. Dies warf er über die Rückseite der Staffelei, ging von dort zurück zur anderen Seite des Raumes, wo er den Kopf auf die Seite legte und mit halb geschlossenen Augen blickte.

Der alte französische Klopfer klapperte. Burnett ließ seine Farbtuben und seine Zigarette fallen und öffnete die Tür.

"Bin ich spät?" lachte Miss Darrow.

„Man konnte nicht zu früh kommen", sagte Burnett. Aber er beäugte das französische Dienstmädchen zweifelnd, das mit einem riesigen Koffer hereingekommen war.

„Ich hatte solche Angst, dich warten zu lassen. Du bist nicht sehr wütend?"

„Ich bin sicher, dass ich seit dem Morgengrauen hier bin", antwortete er.

„Dann lasst uns keine Zeit verlieren. Oh, ist das nicht bezaubernd! Wohin soll ich gehen?"

Er stieß die Tür der Umkleidekabine auf.

„Ich denke, Sie werden den Spiegel fair finden", sagte er. „Wenn es irgendetwas gibt –"

"Wie aufregend! Nein. Und ich bin im Handumdrehen draußen."

Als die Tür geschlossen wurde, betrachtete Burnett den Modellthron, die Vorhänge, den Stuhl und die Leinwand und suchte vor dem bevorstehenden Moment nach einer letzten Inspiration. Er stellte einen japanischen Paravent hinter den Stuhl und warf einen scharlachroten Vorhang über ein Ende davon, wobei er gegen die rebellischen Falten klopfte, damit sie nach seinem Wunsch fielen.

„Werde ich das tun?" fragte das Mädchen und trat strahlend hervor. Sie trug ein schwarzes Abendkleid. Das Dienstmädchen hatte einen hauchdünnen Vorhang über sie geworfen, der das matte Weiß ihrer Schultern hervorhob. „Tagsüber ist es so anders", sagte sie errötend; „Aber

Vater hat es immer so gewollt. Du weißt, dass ich es ihm nicht gesagt habe. Es soll eine Überraschung sein."

Burnetts Farbe reagierte auf ihre. Er senkte den Kopf. „Du bist bezaubernd", murmelte er galant mit einer Ernsthaftigkeit, die ihr auffiel.

Als Julie zur Mittagszeit zur Rückkehr entlassen wurde, führte Mr. Burnett Miss Darrow zu ihrem Thron und nahm seinen Platz vor der Leinwand ein. Sie stand entspannt auf der Stuhllehne gelehnt, und die Linien ihrer schlanken Figur verliefen vom strahlenden Kopf und den strahlenden Schultern bis in die düsteren Schatten hinter ihr. Sie beobachtete ihn neugierig, als er sich von der Staffelei entfernte, um die Pose zu studieren.

„Wenn ich nur könnte – es ist großartig", murmelte er, „aber ich möchte, dass du sitzt."

Sie stimmte ohne zu fragen zu. „Ich fühle mich wie ein Exemplar", seufzte sie. „Es ist eine schreckliche Tortur. Ich bestehe nur aus Armen und Händen. *Muss* man schielen?"

In Burnetts Lachen wurde jede Zurückhaltung in den Wind geschlagen.

"Natürlich. Alle Künstler schielen. Es ist wie die kreisförmige Bewegung des Daumens – ein Symbol des Handwerks."

Er ging hinter sie und rückte den Bildschirm zurecht, indem er den purpurroten Vorhang entfernte und einen graugrünen an seine Stelle setzte.

„Da", rief er, „so wie du bist. Es ist atemberaubend."

Sie beugte sich nach vorn, den Ellbogen auf die Armlehne des Stuhls gestützt, die Hände verschränkt, ein schlankes Handgelenk am Kinn.

"Wirklich! Du bist furchtbar leicht zufrieden zu stellen – ich frage mich, ob ich es genauso gut hinbekomme wie Agatha."

Er nahm eine Holzkohle, blickte auf das Ende und rückte die Staffelei leicht zurecht. „Bevor wir beginnen – eines habe ich vergessen." Er stoppte. „Alle Maler sind sensibel, wissen Sie. Ich bin eher queer als die meisten. Ich hoffe, es ist dir egal." Die Holzkohle bewegte sich jetzt schnell auf der Oberfläche der Leinwand. „Ich reagiere sehr empfindlich auf Kritik – im Anfangsstadium. Normalerweise schaffe ich es, mich irgendwie herauszuziehen – aber am Anfang – wenn ich zeichne und die Figur hineinlege – gefällt es mir nicht, dass meine Leinwand gesehen wird. Manchmal dauert es sogar noch länger. Es wird Ihnen doch nichts ausmachen, nicht hinzusehen, oder?"

"Ich verstehe. Dafür ist das graue Ding da. Es macht mir überhaupt nichts aus; Ich hoffe nur, dass es bald kommt. Ich bin gespannt darauf. Und bitte rauchen. Ich weiß, du willst."

Der dankbare Burnett zog sein Zigarettenetui hervor und während sein Modell sich ausruhte, beschäftigte er sich mit seinen Farbtuben und drückte die Farben auf die Palette.

„Wenn Sie nur wüssten", seufzte er, „wie sehr schwierig es scheint." Aber der große Pinsel tauchte in die Farbe und Burnett arbeitete energisch, ein feines Licht leuchtete in seinen Augen. Miss Darrow beobachtete, wie sich der großzügige Ölfluss aus dem Ölbecher mit den Farben vermischte.

„ Was für eine Menge Zinnober Sie verwenden! ”

„„ Was für eine Menge Zinnoberrot Sie verwenden. '"

„Haare“, antwortete er. Er wirkte so versunken, dass sie nichts mehr sagte und nicht wusste, ob sie lachen oder die Stirn runzeln sollte. Später wagte sie:

„Wenn es Karotte ist, werde ich nie wieder mit dir reden. Bitte machen Sie es rotbraun, Mr. Burnett.“

Er arbeitete nur noch schneller. Er schien in jede Farbe der Palette einzutauchen, in deren Mitte ein Braun von der Farbe von Walnusssaft gewachsen war. Dies trug er kräftig auf den unteren Teil der Leinwand auf. Als die Palette abgeräumt war , stellte er sie beiseite und sank seufzend in einen Stuhl zurück.

„Ruhe“, sagte der Künstler.

„Ich bin überhaupt nicht müde“, antwortete sie.

„Aber das bin *ich* . Es übersteigt mich, so interessiert zu sein.“

"Macht es?" Sie lehnte sich in ihrem Stuhl zurück und betrachtete ihn mit neuer Neugier. „Weißt du“, fügte sie hinzu, „du bist voller Überraschungen –“

Sie ignorierte die Frage seiner hochgezogenen Brauen.

„——und malen“, beendete sie lachend.

Er beäugte reumütig einen verfärbten Daumen. „Ich weiß, ich bin furchtbar unordentlich. Ich war schon immer. In Paris nannten sie mich den slowenischen Peter.“

„Das sollte ich nicht sagen – nur –“

"Was?"

„Nur –“ Sie deutete auf mehrere schwarze Streifen auf seinem grauen Wanderanzug. „Muss man für Inspiration immer einen solchen Preis zahlen?“

„Joe! Das *war* dumm. Das tue ich aber immer, Miss Darrow.“ Er untersuchte die Flecken und berührte sie mit den Fingerspitzen. „Es ist Farbe“, endete er und untersuchte sie mit einer Gelassenheit, die fast unpersönlich war. „Es spielt überhaupt keine Rolle.“

„Und verschmierst du immer dein Gesicht?“ sie fragte süß. Er betrachtete sich im Spiegel. Auf seiner Stirn war ein breiter roter Streifen. Er wischte es mit einem Taschentuch ab.

„Oh, bitte lachen Sie nicht.“

Er sank auf die Kante des Throns, und dann lachten beide freudig, ganz natürlich, wie zwei Kinder.

„Ich habe großes Glück gehabt", sagte er schließlich. „Ich fühle mich wie ein Feudalbaron mit einer gefangenen Prinzessin. Hier bist du, die unzugänglichste aller Personen, die Frau der Gesellschaft, dazu verdammt, zwei Wochen lang jeden Morgen Darby und Joan mit einem Mann zu spielen, den du erst seit drei Tagen kennst. Wie um alles in der Welt kann ein Kerl es überleben, ein Mädchen, das er mag, hinter einer Tasse Tee zu sehen! Es ist hart, denke ich. Die Gesellschaft scheint jeden Zweck zu erfüllen, außer den erklärten. Statt dessen spielen alle den Kater in der Ecke. Ein Kerl hätte vielleicht eine Chance, wenn die Ecken nicht so weit auseinander wären. Und ich, gerade aus dem Ausland zurückgekehrt, mit all den Strängen alter Freundschaft am losen Ende, gehe in deinen Kreis und nehme dich in aller Stille für zwei Wochen in Anspruch – während deine anderen Freunde betteln."

„Sie haben nicht sehr hart gebettelt", lachte sie. „Wenn ja, würden sie vielleicht auch Darby und Joan spielen. Ich habe es noch nie probiert. Aber ich finde es ganz nett –" Sie brach plötzlich ab.

„Wissen Sie, ich habe mich *ganze* zwanzig Minuten ausgeruht", sagte sie nach einem Moment. „Komm, Zeit ist kostbar."

"Das hängt davon ab--"

Sie wartete einen Moment, bis er fertig war, aber er sagte nichts mehr.

„Wie außergewöhnlich!" sagte sie mit einem hübschen *Lächeln* . „Ich weiß nicht, ob ich zufrieden sein soll oder nicht."

"Kannst du mich blamieren? „Die Stirnlocke der Zeit hängt zu verlockend", lachte er. „Natürlich, wenn Sie lieber posieren möchten –" Seufzend nahm er seine tropfenden Pinsel auf.

„Oh, das ist mir tatsächlich egal", sie sank in den Stuhl zurück. „Glauben Sie nur nicht – ist das nicht wirklich der Grund, warum ich hier bin?"

„Es ist Zeit zu posieren, Miss Darrow", sagte er bestimmt.

Aber sie machte keine Anstalten, die Position einzunehmen.

„Ich habe mich nicht beschwert", und sie lächelte ihn an. „Deine Muse ist schwierig, und ich bin der Gewinner. Wirklich, ich glaube, ich würde lieber reden."

„Und ich warte darauf, mit dem Porträt fortzufahren."

„Ich werde unter einer Bedingung noch einmal posieren –"

"Ja."

„Dass du einen Overall anziehst.“

Die Pinsel und die Palette fielen zu seiner Seite. „Das ist hart für den schlampigen Peter“, lachte er. Er machte sich daran, die Farbtuben auszudrücken und die Pinselstiele und den Rand der Palette abzuwischen. Als die Pose vorbei war, erschien Julie. Der Künstler zog den grauen Vorhang über die Staffelei und half Miss Darrow beim Abstieg.

KAPITEL XIV

Diese Morgen im Studio waren voller Feinheiten. Miss Darrow entdeckte, dass Burnett über viele Themen sprechen konnte. Er war viel durch Europa gereist und konnte für sie sogar einen kühnen Umriss des Ostens zeichnen, den sie noch nie gesehen hatte. Er sprach wenig über Kunst und auch dann nur, wenn sein Vorbild das Thema vorstellte. In den langen Pausen führte er Miss Darrow, oft ohne dass sie sich dessen bewusst war, auf angenehme Gedankengänge, die alle abrupt im grellen Sonnenschein der Persönlichkeit zu enden schienen. Sie empfand es nicht als unangenehm; Nur schien es ziemlich überraschend, wie jegliche Formalität zwischen ihnen verbannt worden war.

Eines Morgens gab es eine Ablenkung. Der Klopfer ertönte, und Burnett ging stirnrunzelnd zur Tür. Miss Darrow hörte eine weibliche Stimme und einen Ausruf. Burnett ging ziemlich eilig und blieb draußen stehen, die Hand auf dem Türknauf. Es gab ein Gemurmel der Unterhaltung und ein weibliches Lachen. Sie versuchte, nicht zu hören, was gesagt wurde. Die Hand spielte am Knauf herum, aber das Stimmengemurmel blieb bestehen. Miss Darrow stieg vom Thron herunter und ging zum Fenster, wobei sie im Vorbeigehen eine verirrte Locke zurechtrückte.

Sie wandte den Blick vom Spiegel ab, blieb dann plötzlich stehen und schaute noch einmal hin. Als Burnett eintrat , saß sie auf der Fensterbank und blickte über die Dächer. Er entschuldigte sich reichlich. Sie nahm die Pose wieder ein und der Künstler malte schweigend. „Man sagt, es gibt eine Freude am Malen, die nur ein Maler kennt", begann sie.

"Natürlich."

„Warum ruhen wir uns dann so oft aus? Ich lasse mich nicht so leicht täuschen. Es fehlt die feine Raserei, Mr. Burnett – nicht wahr?"

Als Antwort streckte er seine mit Farbe verschmierten Hände aus.

„Nein – nein", fuhr sie fort. „Du malst zaghaft mit den Fingerspitzen – ganz und gar nicht wie die ‚Agatha'. Ich bin sicher, du machst mich früh-viktorianisch."

Burnett hörte auf zu malen, blickte auf seine Leinwand und lachte. „Oh, das ist es kaum", sagte er.

„Willst du es nicht beweisen?"

"Wie?"

„Indem du mich schauen lässt." Sie erhob sich von ihrem Stuhl, stieg vom Thron herunter und machte ein oder zwei schnelle Schritte auf die Staffelei zu. Aber Burnetts breite Schultern versperrten ihm den Weg.

„Bitte", drängte sie.

„Das kann ich wirklich nicht."

"Warum nicht?" Sie blieb standhaft und sah ihm ins Gesicht, aber Burnett rührte sich nicht und antwortete nicht.

Sie ließ sich wieder in der Pose nieder und Burnett ging mechanisch zu seinem Platz vor der Leinwand. Einmal schien es, als wollte er etwas sagen – aber er überlegte es sich anders. Er blickte auf die Masse an Farben, die sich auf der Palette vermischten. Sein Pinsel bewegte sich langsam über die Leinwand. Schließlich blieb es stehen und fiel auf seine Seite.

„Ich kann nicht weitermachen."

Sie verließ die Pose. "Sind Sie krank?"

„Oh nein", lachte er. Nachdem er Pinsel und Palette beiseite gelegt hatte, schien Burnett den Schatten wegzuwerfen, der den ganzen Morgen über seinen Gedanken gehangen hatte. Er stand neben ihr und sah ihr offen in die Augen. Sie sah etwas in seinem, das vorher nicht da gewesen war, denn sie schaute weg, vorbei an den Schornsteinen und Wohnhäusern, vorbei an den Wolken und in die Leere, die jenseits des Blaus lag. Sie hatte seine Anwesenheit und eine ihrer Hände vergessen, die er in seinen beiden hielt.

„Vielleicht verstehst du", sagte er leise. „Vielleicht weißt du es."

Die Finger bewegten sich leicht, aber auf den Brauen bildete sich ein kleines Stirnrunzeln. Seufzend ließ er ihre Hand los und blickte ziemlich hilflos in Richtung der stummen und erbarmungslosen Staffelei. Sie waren so tief in Gedanken versunken, dass keiner von ihnen hörte, wie sich ein Dietschlüssel im Schloss drehte und wie sich die Tür öffnete. Der japanische Bildschirm verbarg sie für einen Moment vor den Blicken eines Herrn, der den Raum betrat. Ross Burnett blickte hilflos auf. Es war Mortimer Crabb, der über diese Verletzung seines Heiligtums entsetzt war.

„Ross!" Er sagte: „Was zum Teufel –"

Miss Darrow sprang von ihrem Stuhl auf, das Purpur schoss ihr in die Wangen, und stand da und zog die Spitze über ihre Schultern.

Burnett war cool. „Miss Darrow", fragte er, „kennen Sie Mr. Crabb? Er studiert Malerei und – ähm – nutzt diesen Ort manchmal. Vielleicht--"

Die Worte blieben ihm auf den Lippen, als ihm klar wurde, dass Miss Darrow mit einer Kopfneigung in Richtung des Besuchers in der Umkleidekabine verschwunden war.

Als sich die Tür schloss, kamen weniger höfliche Worte heraus.

Aber Crabb unterbrach ihn: „Oh, ich sage, Ross, du meinst nicht, dass du den Mut hattest –"

Ross Burnetts Brauen zogen sich zusammen und seine große Gestalt schien kompakter zu werden.

„Still, Mort", flüsterte er. „Du verstehst es nicht. Du hast ein schreckliches Durcheinander angerichtet. Willst du nicht gehen?"

„Aber, mein lieber Freund –"

„Das erkläre ich später. Aber geh – bitte!"

Mit einem Blick zur Staffelei ging Mortimer Crabb hinaus.

Ross Burnett schloss die Tür, schob den Riegel vor und lehnte sich mit dem Rücken dagegen. Als das Klappern von Crabbs Stiefeln auf der Holztreppe im Untergeschoss verklang, seufzte er, verschränkte die Arme und wartete.

Als Miss Darrow aus der Umkleidekabine kam und auf die Straße ging, fand sie ihn dort.

„Meine Sachen sind im Koffer", sagte sie eisig. „Meine Magd wird nach ihnen rufen. Wenn Sie mir erlauben –"

Aber Burnett rührte sich nicht.

„Miss Darrow –", begann er.

„Wirst du mich passieren lassen?"

„Ich kann nicht, Miss Darrow – bis Sie es hören. Um nichts in der Welt hätte ich es zugelassen."

"Ich kann nicht zuhören. Willst du nicht die Tür öffnen?"

Er senkte den Kopf, als wollte er ihre Vorwürfe besser entgegennehmen, aber er rührte sich nicht.

"Oh!" Sie schrie: „Wie konntest du!" Sie hob das Kinn und warf ihm unter ihren zusammengekniffenen Lidern einen verächtlichen Blick zu.

„Bitte“, flehte er leise. „Wenn du nur zuhörst –“

Sie drehte sich um und ging zum Fenster. „Ist das nicht Strafe genug, dass alles so endet“, fuhr er fort, „ohne den Eindruck zu erwecken, ich wäre schlimmer als ich bin? Wirklich, ich bin nicht so schlecht, wie ich dargestellt werde.“

Es war ein unglücklicher Satz. Es folgte eine unangenehme Stille, in der er sich bewusst wurde, dass Miss Darrow sich plötzlich vom Fenster abgewandt hatte und dem Ding auf der Staffelei gegenüberstand, das sich ihnen beiden nun in seiner ganzen kompromisslosen Hässlichkeit offenbarte. Aus der Mitte unzähliger Farbstreifen tauchte etwas auf. Etwas in matten Tönen, das aus seiner schlammigen Illusion wie eine Gorgone starrt. Für Burnett war es nur eine Leinwand, die mit unschöner Farbe beschmiert war. Von der anderen Seite des Raumes aus schien es nun eine selbstgefällige und skurrile Persönlichkeit an den Tag gelegt zu haben und ihn aus seinem unschönen Hintergrund heraus abscheulich anzustarren.

„Nicht“, rief Burnett. „Sehen Sie sich das Ding nicht so an.“

Aber das Mädchen rührte sich nicht. Sie stand vor der Staffelei, den Kopf leicht zur Seite geneigt, den Blick auf die Leinwand gerichtet.

„Es ist wirklich nicht viktorianisch, oder?“ fragte sie ruhig.

„Du *musst* zuhören!“ rief Burnett und ließ seinen Posten an der Tür zurück. "Ich bestehe darauf. Du weißt, warum ich diese verrückte Sache getan habe. Ich habe es dir gesagt. Ich würde es wieder tun——“

„Ich habe keinen Zweifel, dass du das tun wirst“, warf sie verächtlich ein. „Es scheint nicht so schwierig gewesen zu sein.“

"Es war. Das Schwierigste, was ich je in meinem Leben getan habe. Du hast mir die Chance gegeben. Ich nahm es. Ich werde es nicht bereuen. Es war egoistisch – brutal – was immer man wollte. Aber ich bereue nichts – neun wundervolle Morgen, siebenundzwanzig kostbare Stunden – mehr, so hoffe ich, als Sie irgendeinem Mann in Ihrem Leben gegeben haben.“ Er machte einen schnellen Schritt und nahm sie in seine Arme. „Ich liebe dich, Millicent, Liebes. Ich habe dich vom ersten Moment an geliebt – dort in der Bildergalerie. Ja, ich würde es wieder tun. Jeden Moment habe ich das Glück gesegnet, das es möglich gemacht hat. Wende dich nicht von mir ab. Du hasst mich nicht. Ich weiß es. Man konnte nicht umhin, eine Reaktion auf eine Liebe wie meine zu spüren.“ Er hielt sie fest an sich und hob schließlich ihren Kopf, bis ihre Lippen auf gleicher Höhe mit seinen waren. Aber er berührte sie nicht. Sie wehrte sich immer noch leicht, aber sie wollte ihre Augen nicht öffnen und ihn nicht ansehen.

„Nein, nein, das darfst du nicht“, war alles, was sie sagen konnte.

„Das kann man nicht leugnen. Du tust es – sorgst für mich. Schau zu mir auf und sag es mir.“

Sie weigerte sich, ihn anzusehen, wehrte sich schließlich ab und stand mit glühenden Wangen auf.

„Du bist meisterhaft!“ sie stammelte. „Ein Mädchen kann man auf diese Weise nicht gewinnen.“

„Ich liebe dich“, sagte er. "Und du--"

„Ich verachte dich“, keuchte sie. Sie drehte sich zum Spiegel und ordnete ihr zerzaustes Haar neu.

„Sag das nicht. Willst du mir nicht verzeihen?“

Sie sank auf den Modelstand und vergrub ihr Gesicht in ihren Händen. „Es war grausam von dir – grausam.“

Der Anblick ihrer Verzweiflung beunruhigte ihn und gab ihm zum ersten Mal eine neue Sicht auf die Ungeheuerlichkeit seines Vergehens. Es war ihr Stolz, der verletzt wurde. Es war der Gedanke daran, was Mortimer Crabb über sie denken würde, der den Schaden angerichtet hatte. Er beugte sich über sie, seine Finger berührten sie fast, doch zurückgehalten von einer Zartheit und einer neuen Zärtlichkeit, hervorgerufen durch den Gedanken, dass er allein ihr Unglück verursacht hatte.

„Verzeih mir“, flüsterte er. "Es tut mir Leid."

Und sie wiederholte nur. „Was kann er von mir denken? Was kann er denken?“

Burnett richtete sich auf, als ihm ein neuer Gedanke kam. Es schien eine Inspiration zu sein – ein Geniestreich.

„Natürlich“, sagte er ruhig, „sind Sie hoffnungslos kompromittiert. Er muss denken, was ihm gefällt. Es gibt nur eins zu tun.“

Sie stand auf und fragte atemlos: „Was *kann* ich tun? Wie kann ich--"

„Heirate mich – sofort.“

"Oh!"

Sie sprach das Wort langsam – verwundert –, als wäre ihr die Idee noch nie zuvor gekommen. Er hatte den Weg zur Tür unbewacht gelassen, aber stattdessen ging sie zum Fenster und blickte über die Dächer hinaus. Für Burnett war das Schweigen voller Bedeutung, und er brach es zaghaft.

„Willst du nicht – nicht wahr, Millicent, Liebes?"

Ihre Stimme zitterte ein wenig, als sie antwortete: „Es gibt eine Sache, die für mich wichtiger ist – als alles andere auf der Welt."

An ihrer Seite fragten seine Augen stumm.

"Und das?" fragte er schließlich.

„Mein Ruf", flüsterte sie.

Er stand einen Moment da und betrachtete ihr Gesicht, denn sein Glück wuchs langsam in ihm. Aber hinter dem schiefen Lächeln, das ihm halb verborgen blieb, erblickte er die Morgendämmerung eines neuen Lichts, das er verstand. Dann nahm er sie in seine Arme und fragte sich, wie es kam, dass er sie nicht geküsst hatte, als ihre Lippen zuvor so nah gewesen waren. Aber das neue Wunder, das sie beide erlebte, ließ sie bereit sein zu vergessen, dass es jemals zuvor etwas anderes gegeben hatte.

Später stellte Ross ihr eine Frage, da er sein Glück nicht würdigen konnte und über die Feinheiten des weiblichen Geistes wunderte. Ihre Antwort erstaunte ihn noch mehr:

„Armer, dummer, schlampiger Peter! Ich habe es vor einer Woche zufällig im Spiegel gesehen."

also letztlich Mortimer Crabb, der die Gelegenheit nutzte; denn Miss Darrow gab lächelnd zu, dass sie jetzt in Aiken und Ross auf dem Weg zu den Antipoden gewesen wäre, wenn er nicht genau in diesem psychologischen Moment abrupt aufgetaucht wäre. Aber Patricia war doppelt glücklich; Denn hatte sie nicht ihren eigenen Mann umgangen, indem sie das Atelier eröffnete, dem er geschworen hatte, die wahre Kammer Blaubarts, die ihr verriegelt worden war? Hatte sie nicht nach Herzenslust zwischen den Göttern seiner Jugend geschmökert und diese heilige Wohnung zum Vorraum des Paradieses für mindestens zwei unzufriedene Sterbliche gemacht, deren Herzen nun wie eins schlugen?

Kapitel XV

Nach diesem ersten Erfolg war Patricia vom Geist des Altruismus erfüllt und zog Winter wie Sommer auf die Landstraßen und Nebenwege, um das Rohmaterial für ihren schicksalhaften Webstuhl zu finden. Sie war Puck, Portia und Patricia in einem. Da waren Stephen Ventnor und Jack Masters, die sie immer noch gelegentlich sah, aber sie seufzten nur und weigerten sich sogar, im Castle of Enchantment zu speisen. Manchmal dachte sie auch an Heywood Pennington und fragte sich oft, wie es der Welt mit ihm erging, in der Hoffnung, dass der Zufall ihn ihr eines Tages in den Weg stellen würde. Die alte Romanze war natürlich tot. Aber was für eine Gelegenheit zur Regeneration!

In der Zwischenzeit hatte sie viel zu tun, um ihr Establishment aufrechtzuerhalten, viele Freunde in New York zu finden und viele soziale Pflichten zu erfüllen. Sie verbrachte viel Zeit mit ihrem Mann über den Plänen für den Landsitz, den er auf Long Island bauen ließ und der im Spätfrühling des folgenden Frühjahrs bezugsfertig sein sollte. Mortimer Crabb hatte es sich zur Gewohnheit gemacht, zumindest einen Teil des Tages in die Stadt zu gehen, und wenn er wirklich nicht arbeitete, machte er einen Eindruck von Stabilität, der für diejenigen, die ihn am längsten kannten, ziemlich überraschend war. Die Crabbs waren begehrenswerte Bekannte in der Ehe, und bevor zwei Jahre vergangen waren, machte sich Patricia einen beneidenswerten Ruf als Gastgeberin und Dinnergast, ganz zu schweigen von dem einer vorbildlichen Ehefrau. Am ehelichen Horizont war keine Wolke größer als ein Punkt aufgestiegen, und ihre kleine Barke segelte stetig vorwärts, angetrieben von der mildesten Brise, über einen Ozean, der ganz aus Wellen und Sonnenschein bestand. Mortimer Crabb war begeistert, und Patricia war zufrieden, ihm beim Gottesdienst zuzuschauen, während sie den Kurs nach ihren Wünschen gestaltete.

Es gab jedoch immer noch Zeiten, in denen sie saß und den Flammen des Bibliotheksfeuers zusah, während sie die Glut der Romantik entfachte. Nur wenige Frauen, die so verehrt wurden wie Patricia, sind bereit, die Tür vor der Erinnerung an die „Möglichkeiten" zu plötzlich zu verschließen . Die Koketterie in ihr starb hart – wie es manchmal bei kinderlosen Frauen der Fall ist. Ihr gefielen immer noch die Aufmerksamkeiten, die sie gewohnt war, und ihr Mann sorgte dafür, dass sie sich ständig amüsierte – versorgte sie mit klugen Männern aus seinen Clubs als Tanzpartner für die Mädchen aus Philadelphia, die sie besuchten. Stephen Ventnor, der in der Stadt Anleihen verkaufte, hatte sich endlich überreden lassen, seine Sorgen zu vergessen, und kam nun häufig zum Abendessen. Offenbar wollte Patricia nichts außer etwas, das sie sich wünschte.

Eines Tages traf sie ganz zufällig auf der Straße einen weiteren Vermeintlich- Frau . Sie kannte ihn zunächst nicht, denn er trug jetzt einen kleinen Schnurrbart und die Jahre waren nicht so leicht über seinen Kopf vergangen wie über ihren . Sie spürte, wie ihr der Weg von einer großen Gestalt versperrt wurde, und ehe sie sich versah, schüttelte sie Heywood Pennington die Hand.

„Patty", sagte er, „kennst du mich nicht? Machen vier Jahre so einen Unterschied?" Ein warmer Farbton stieg auf und breitete sich ungebeten von Patricias Hals bis zu den Schläfen aus. Es ärgerte sie, dass sie es nicht kontrollieren konnte, aber sie lächelte ihn an und sagte, dass sie froh sei, ihn zu sehen.

Zusammen gingen sie die Avenue hinauf, und während sie gingen, stellte sie Fragen und er erzählte ihr seine Geschichte. Es wurden keine Vorwürfe erhoben. Er machte ihr deutlich, dass er dafür zu froh war, sie zu sehen. Er sei geschäftlich tätig, sagte er vage, und werde in Zukunft New York zu seinem Zuhause machen. Als sie sich von ihm verabschiedete, bat Patricia den verlorenen Sohn, ihn anzurufen. Es wird jedem klar sein, dass es nichts anderes zu tun gab.

Mortimer Crabb nahm die Information an diesem Abend am Esstisch mit unveränderlicher Miene entgegen.

„Ich bin sicher, wenn Sie Mr. Pennington hier haben möchten, ist er herzlich willkommen", sagte er mit einem langsamen Lächeln. „Er ist ein sehr, sehr alter Freund von dir, nicht wahr, Patty?"

„Oh ja – seit der Schulzeit", sagte sie leise. Und sie errötete wieder, aber wenn Crabb es bemerkte, war es nicht zu erkennen, denn er beschäftigte sich sofort mit seiner Suppe.

„Er war früher so ein netter Junge", sagte Patricia. „Aber ich fürchte, er ist ziemlich wild geworden und –"

„Ja", warf ihr Mann etwas trocken ein. „Ich habe etwas über ihn gehört."

Sie warf ihm einen schnellen Blick zu, aber er blickte nicht auf und sie fuhr fort:

„Ich dachte, es wäre schön, wenn wir etwas für ihn tun könnten, ihn mitnehmen, ihn einigen einflussreichen Leuten vorstellen könnten …"

„Kurz gesagt, bieten Sie ihm eine Chance", sagte Crabb.

"Ähm ja. Ich glaube, er hat es ziemlich schwer gehabt."

„Ich sollte nicht überrascht sein", sagte Crabb, „die meisten Leute tun es."

Patricia sah eine Gelegenheit voraus, wie sie sie noch nie zuvor gehabt hatte, und hundert Pläne für die Regeneration des verlorenen Sohnes schossen ihr sofort in den Kopf. Zuerst musste sie natürlich das gemästete Kalb töten, und deshalb plante sie sofort eine Dinnerparty, bei der Mr. Pennington einige ihrer engen Freunde treffen sollte, Dicky Bowles und seine Frau, die Burnetts, die aus Washington angereist waren . die Charlie Chisolms und ihre Schwester Penelope. Stephen Ventnor wurde aus eigenen Gründen nicht eingeladen.

Patricia leitete gekonnt und mit einer nicht zu leugnenden Miene matronenhafter Güte und lenkte das Gespräch geschickt in völlig unpersönliche Kanäle. So gingen Patricia und Heywood Pennington nach dem Abendessen, während Charlie Chisolm noch mit Mortimer über Gewehrfeuer redete, in den Wintergarten, um sich die neuen Orchideen anzusehen.

Das war das erste von vielen Abendessen. Patricia lud nacheinander alle geeigneten Mädchen aus ihrem Bekanntenkreis ein und setzte sie neben Mr. Pennington, offensichtlich in dem Bemühen, den Mangel an Zuneigung dieses Herrn auszugleichen, den sie verursacht hatte. Aber ständig kamen neue Orchideen in den Wintergarten, und Patricia hatte keine Scheu, sie zu zeigen. Dann folgten Autofahrten, wenn Crabb in der Innenstadt war, und Einkaufsbummel, wenn Crabb im Club war, für die Patricia Heywood Pennington als Begleitung wählte, und was auch immer Mortimer Crabb darüber dachte, er sagte wenig und sah weniger aus.

Nebel beseitigt . Er hatte gelernt, seine Frau als ein liebes, launisches Wesen zu betrachten, und mit dem großen Glauben und der Zuversicht üppiger Männer war er bereit zu glauben, dass Patricia ebenso wie Cäsars Frau über jeden Verdacht erhaben war. Er war sich ziemlich sicher, dass sie dumm war. Aber Pattys kleiner Finger-Dummkopf war Mortimer wichtiger als eine ganze Minerva.

Mr. Penningtons Verhalten war jedoch nicht das Verhalten von Crabb, und der Ehemann erfuhr eines Tages ganz zufällig von einem Vorfall in New York, der einen früheren Eindruck bestätigte. Er ging etwas düster nach Hause , denn noch am selben Abend sollte Mr. Pennington wieder in seinem Haus speisen.

Nach dem Abendessen verschwanden Patricia und Pennington wie üblich im Wintergarten und wurden erst wieder gesehen, als es Zeit für Patricias Gäste war zu gehen. Der Ehemann blieb launisch am Feuer, nachdem sich die Tür hinter dem letzten Mann geschlossen hatte, der zufällig der Vermeintliche war.

„Patty“, begann er, „findest du es nicht ein bisschen – ähm – unwirtlich –
“

„Oh, Mort“, unterbrach Patricia, „sei nicht ermüdend.“

Aber Mortimer Crabb hatte seine Uhr hervorgeholt und untersuchte sie mit richterlicher Miene.

„Wissen Sie“, sagte er ruhig, „dass Sie seit zehn Jahren da draußen sind? Ich denke nicht, dass es ganz anständig ist.“

Es war das erste Mal, dass ihr Mann genau diesen Ton anschlug, und Patricia sah ihn neugierig an, schmollte dann und lachte.

"Eifersüchtig!" Sie lachte und warf ihm einen Kuss zu und flog nach oben, während ihr Mann immer noch ins Feuer blickte. Aber er lächelte nicht, wie er es normalerweise tat, wenn sie in dieser Stimmung war, und Patricia bemerkte es bei ihrem letzten Blick zurück. Anstatt ihr zu folgen, zündete sich Mortimer Crabb eine Zigarre an und ging in sein Arbeitszimmer. Vielleicht hätte er vorher strenger mit Patricia sprechen sollen. Er hatte es schon ein Dutzend Mal auf den Punkt gebracht. Gossip war mit Pennington nicht allzu freundlich umgegangen, aber Crabb glaubte nicht an Klatsch und er glaubte an seine Frau.

Er rauchte seine Zigarre aus und zündete sich dann eine neue an, während er versuchte, über die Sache nachzudenken, bis schließlich Patricia, eine hübsche Vision in Zöpfen und Spitzen, herbeitrabte. Er hörte die Schritte und spürte die weichen Hände auf seinen Schultern, drehte aber nicht den Kopf. Er wusste, was kommen würde und hatte weder den Humor noch die Kunst, Kompromisse einzugehen. Patricia hatte eine schnelle Weissagung, nahm ihre Hände weg und ging um das Feuer herum, wo sie ihren Mann ansehen konnte.

„Nun“, sagte sie halb trotzig. antwortete Crabb, ohne den Blick vom Feuer zu heben.

„Patty“, sagte er leise, „Sie dürfen Mr. Pennington nicht ins Haus bitten.“ Patricia sah ihn an, als hätte sie nicht richtig gehört. Aber sie sprach nicht.

„Sie müssen wissen“, fuhr er fort, „dass ich schon seit einiger Zeit an Sie und Mr. Pennington denke, aber ich habe noch nie so deutlich gesprochen.“ Sie dürfen nicht noch einmal mit Mr. Pennington gesehen werden.“

Er stand auf, warf die Asche seiner Zigarre in den Schornstein und drehte sich dann zu seiner Frau um. Patricias Fuß klopfte schnell auf den Kotflügel, während ihre Figur das Bild verletzter Würde vermittelte.

„Es ist absurd – unmöglich“, keuchte sie. „Ich werde morgen Nachmittag mit ihm reiten.“

Und dann, nach einer Pause, in der sie eifrig das Gesicht ihres Mannes musterte, brach sie in ein nervöses Lachen aus: „Auf mein Wort, Mort, ich glaube, du bist *eifersüchtig*.“

„Vielleicht schon“, sagte Crabb langsam, „aber ich meine es auch ernst. Tu, was ich verlange, Patricia. Reite morgen nicht –“

„Und wenn ich mich weigern sollte –“

Crabb zuckte mit den breiten Schultern und wandte sich ab.

„Es wäre schade“, sagte er, „das ist alles.“

„Aber wie kann man so etwas tun“, rief sie, „ohne Grund – ohne Entschuldigung? Heywood ist schon seit –“ jeden Tag hier und brach dann verwirrt ab.

Crabb lächelte eher grimmig, aber er ließ sich die Gelegenheit großzügig entgehen.

„Jeden Grund, den ich mir wünsche – jede Ausrede, die ich brauche. Ist das nicht genug?“

„Nein, das ist es nicht – ich weigere mich, irgendetwas über ihn zu glauben.“ Crabb sah seine Frau düster an .

„Dann sagen wir besser nichts mehr. Ihre Einstellung macht es mir unmöglich, die Frage zu diskutieren. Gute Nacht." Er öffnete die Tür und wartete darauf, dass sie hinausging. Sie zögerte einen Moment und huschte dann an ihm vorbei, wobei ihre ganzen Rüschen Rebellion atmeten.

Am nächsten Morgen gab er ihr einen Abschiedskuss, als sie gerade ihre Post las.

„Du wirst ihm doch schreiben, Patty, nicht wahr?“ sagte er, als er hinausging.

„Ja – ja“, antwortete sie schnell, „ich werde – ich werde ihm schreiben.“

Patricia hat ihm geschrieben. Aber es war überhaupt kein Brief, den Crabb gerne gesehen hätte.

Lieber Heywood [es lief], es ist etwas passiert, deshalb kann ich heute nicht fahren. Treffen Sie mich um drei in der Nähe des Bogens am Washington Square. Bis dann-

Wie immer,
P.

Kapitel XVI

Patricia erwachte unhöflich und mit dem entsetzlichen Gefühl, dass sie sich schockierend lächerlich gemacht hatte. Heywood Pennington verschwand plötzlich so vollständig aus ihrem Leben, als hätte sich die Fifth Avenue geöffnet und ihn verschlungen. Ganz plötzlich habe er New York verlassen, hieß es. Und eines Morgens fand Patricia auf ihrem Frühstückstablett Folgendes in einer ihr unbekannten und offensichtlich getarnten Handschrift:

12. März 19—

Frau Mortimer Crabb,

Sehr geehrte Frau:

Ich besitze einundzwanzig Briefe und Notizen, die Sie an Herrn Heywood Pennington, früher aus Philadelphia, geschrieben haben. Bitte bestätigen Sie den Erhalt dieser Mitteilung und bringen Sie am Mittwoch nächster Woche persönlich fünftausend Dollar in bar in diesem Büro vor, andernfalls werden die Briefe an Herrn Crabb geschickt.

(Unterzeichnet) JOHN DOE ,
Pflege von Fairman und Brooke, Nr. – Liberty Street.

Dort in ihren Fingern stellte es seine Brutalität zur Schau. Was könnte es bedeuten? Ihre Briefe? Nach Heywood Pennington? Warum – es waren nur Notizen – harmlose kleine Aufzeichnungen ihrer Freundschaft. Was hatte sie gesagt? Wie hatte dieses abscheuliche Doe--?

Es war eine Woche her, seit sie den verlorenen Sohn gesehen hatte. Sie hatten sich vor einigen Tagen gestritten, denn Mr. Penningtons fauler Humor hatte sich in eine rücksichtslose Unkonvention verwandelt , die sie etwas erschreckt hatte. Ihre heimliche Unabhängigkeitserklärung hatte sie ein wenig über den Tellerrand geführt, und sie begann sich immer mehr wie das Kind mit dem Marmeladentopf zu fühlen – nur dass der Marmeladentopf in keinem Verhältnis zu echten Marmeladentopfen und den Schmierereien stand schien sich dem großzügigsten Einsatz von Seife und Wasser zu widersetzen. Dieses schreckliche Reh war der Nachbarsjunge, der es erzählte, und Mortimer Crabb wurde plötzlich mit der neugeborenen elterlichen Würde und Weisheit ausgestattet. Mort! Es ließ sie schaudern, als sie daran dachte, dass ihr Mann diese Briefe erhalten hatte. Sie kannte ihn so gut und doch kannte sie ihn so wenig. Sie fühlte sich versucht, alles andere über Bord zu werfen und ein umfassendes Geständnis abzulegen – wovon? von einer kindischen Unbefangenheit, deren Geständnis das Hundertfache verstärken würde. Was hatte sie zu gestehen? Treffen im Park? Ihr Gesicht brannte vor

Scham. Es hätte weniger kindisch gewirkt, wenn ihr Gesicht vor Scham angesichts der etwas greifbareren Dinge gebrannt hätte. Mittagessen in abgelegenen Restaurants, die an sich recht harmlos waren und deren einziges Vergnügen das Wissen war, dass sie sie unerlaubt einnahm. Sie wusste, dass sie es verdiente, in der Ecke zu stehen oder ohne ihr Abendessen ins Bett geschickt zu werden, aber sie zitterte bei dem Gedanken, ihrem Mann in die Augen zu sehen. Sie wusste, dass er es einzigartig kalt und kompromisslos machen konnte.

Und die Briefe. Warum hatte Heywood sie nicht verbrannt? Und doch warum sollte er das getan haben? Penningtons Vorstellungen von einer kompromittierenden Position unterschieden sich, wie sie mit einiger Bitterkeit erkannte, etwas von ihren. Und sie wusste, dass sie nichts *hätte* schreiben können, was sie bereuen könnte. Sie versuchte nachzudenken, und hier und da kam ihr ein Satz wieder in den Sinn. Vielleicht kannte Mort sie gut genug, um zu erraten, wie wenig sie meinten – aber vielleicht wusste er es auch nicht. An einen anderen geschriebene Worte konnten so leicht missverstanden werden.

Wie konnten diese Briefe in die Hände eines Fremden geraten? Je mehr sie darüber nachdachte, desto undurchdringlicher wurde das Geheimnis. Wie konnte diese schurkische Doe ihre Identität erraten? Einige dieser Briefe waren lediglich mit „Patty" unterschrieben, die meisten jedoch überhaupt nicht. Es war schrecklich, ohne jegliche Wiedergutmachung beleidigt zu werden. Fünf tausend Dollar! Gerade die Bedeutungslosigkeit der Zahlen verschlechterte ihre Lage. War das der Wert ihres Rufs? Ihr Vermögen war tatsächlich auf den niedrigsten Stand gesunken. Sie versuchte sich John Doe vorzustellen, einen kleinen Frettchen von einem Mann mit großen Augen, roten Haaren und einem zerknitterten Hemd, der drei Treppen hoch in einem schmuddeligen Büro saß und mit seinen schmutzigen Fingern an ihren kleinen Duftnotizen herumfummelte. Oh, es war schrecklich – schrecklich! Doch wie konnte sie entkommen? Würde sie ihre Seele nicht noch mehr beflecken, indem sie das erbärmliche Geld – Morts Geld – als Entschädigung für ihren Ungehorsam ihm gegenüber zahlte? Jeder Instinkt empörte sich bei dem Gedanken. Wäre es nicht doch besser, sich Morts Gnade anzuvertrauen? Sie wusste jetzt, wie viel größer und besser er war als alles andere auf der Welt. Sie liebte ihn jetzt. Sie wusste es. Es gäbe nie mehr Mögliche . Sie sehnte sich danach, seine schützenden Arme um sie zu spüren und seine ruhige, gleichmäßige Stimme in ihren Ohren zu hören, auch wenn es nur darum ging, sie für das bloße Kind zu schelten, das sie war. Seine Arme schienen jetzt der größere Zufluchtsort zu sein – jetzt, da sie nicht sicher war, ob sie ihr jemals geöffnet werden könnten. Den Brief immer noch umklammernd, vergrub sie ihr Gesicht in den Kissen ihrer Couch und weinte. In dieser Nacht ließ sie mir mitteilen, dass sie Kopfschmerzen habe, aber eine Nachtruhe bewirkte Wunder. Ein fröhlicher, lächelnder Mensch kam mitten in seinem Morgenkaffee auf Crabb zu.

"Was! Patty! Am Frühstückstisch? Werden die Wunder niemals aufhören?"

„Ich bin nicht zum Frühstück gekommen, Mort. Ich wollte dich sehen, bevor du ausgehst."

Crabb lächelte über den Rand seiner Kaffeetasse hinweg.

„Was ist los, Patty? Ein Hutschein oder ein Opernumhang? Ich bin vorbereitet. Erzähl mir das Schlimmste."

„Tu es nicht, Mort – bitte. Ich kann es nicht ertragen, dass du scherzhaft bist. Es geht – ähm – um die Rechnung von Madame Jacquard und einige andere. Sie sind etwas zu groß geworden und sie – sie möchte, dass ich ihr heute helfe – wenn ich kann – wenn du kannst – und ich habe ihr gesagt, dass ich –"

Crabb war in die Betrachtung seines Muffins versunken. Aber er ließ zu, dass seine Frau bis zum Ende kämpfte. Dann blickte er unter seinen schweren Augenbrauen ein wenig ernst auf.

„Ähm – äh – wie viel, Patty? Eintausend? Ich denke, es lässt sich bewältigen –"

„Nein, Mort", unterbrach sie zitternd, „du siehst, ich musste in letzter Zeit so viele Dinge besorgen – wir sind viel ausgegangen, weißt du – und viele andere Dinge, die du nicht verstehen würdest."

"Oh! Vielleicht könnte ich das."

„Nein – ich – ich fürchte, ich war diesen Winter ziemlich extravagant. Ich habe es dir nicht gesagt, aber ich – ich habe mein Taschengeld schon vor langer Zeit aufgebraucht."

Mortimer Crabbs Brauen waren jetzt wirklich bedrohlich.

„Es scheint mir –", begann er. Aber sie unterbrach ihn sofort.

„Ich weiß, man sollte mich einen Bettler zu Pferd nennen, weil ich diesen Winter wirklich ziemlich – ziemlich schnell – geritten bin."

"Zweitausend?" er fragte.

„Nein, Mort, weißt du, es sind nicht nur die Kleider und Hüte. Ich fürchte, ich habe mehr verloren, als ich bei der Auktion hätte verlieren sollen."

"Brücke!" er sagte erbarmungslos: „Ich dachte –“

„Ja – Kumpel – Brücke.“

„Ich dachte, meine Warnung könnte ausreichen. Es tut mir Leid--"

„Ich auch", flüsterte sie mit gesenktem Kopf, jetzt völlig beschämt. „Ich werde nicht mehr spielen .“

„Wie viel – dreitausend?“ fragte er noch einmal.

„Nein", sagte sie verzweifelt, „mehr.“ Ich fürchte, es wird fünftausend Dollar kosten, alles zu bezahlen.“

"Puh!" er pfiff. „Wie im Namen all dessen, was teuer ist –“

„Oh, ich weiß nicht –“ hilflos, „das Geld summiert sich so schnell – ich nehme an, dieser Vater könnte mir helfen, wenn du es nicht kannst – aber ich wollte ihn nicht fragen, ob ich helfen könnte; Du weißt, dass er –“

„Oh nein", sagte Crabb mit einer plötzlichen Handbewegung. „Es lässt sich natürlich schaffen, aber ich gebe zu, ich bin überrascht – sehr überrascht, dass Sie es nicht für angebracht gehalten haben, mich näher in Ihr Vertrauen zu ziehen.“

„Es tut mir leid, Mort", murmelte sie demütig. „Das wird nicht noch einmal passieren.“

Crabb schob seinen Stuhl zurück und stand auf. „Na ja, sag nichts mehr dazu, Patty. Es muss natürlich darauf geachtet werden. Geben Sie mir einfach eine Liste der Artikel und ich schicke die Schecks.“

„Aber Mort, ich würde gerne –“

„Ich werde auf dem Weg nach oben einfach bei Madame Jacquard vorbeischauen und –“

Patty sprang auf und sank dann schwach zurück.

„Oh, Mort, mein Lieber", stockte sie, „es lohnt sich nicht . Es würde Ihnen so viel aus dem Weg gehen –“

„Kein bisschen", sagte Crabb und schritt fröhlich zur Tür. „Es ist nur einen Schritt von der U-Bahn entfernt, und dann kann ich die Avenue hinaufgehen –“

Aber Patricia hatte sich inzwischen die Revers seines Mantels fest zugeknöpft und sah ihm halb tränenüberströmt ins Gesicht.

„Ich – ich möchte Madame wegen einiger Dinge sprechen, die sie noch nicht geschickt hat – ich muss heute dorthin gehen. Ich werde es ihr sagen, Mort, und wenn du es dann arrangierst, schicke ich es ihr einfach morgen.“

Mortimer Crabb blickte in die blauen Augen, die sie zu ihm hob, und gab nach.

„In Ordnung“, sagte er, „du sollst deinen eigenen Weg gehen.“ Und dann, mit einem misstrauischen Lächeln: „Soll ich einen Scheck auf Ihre Bestellung ausstellen?“

„Für – für mich, Mort – es gibt mir immer das Gefühl, wichtiger zu sein, meine Rechnungen selbst zu bezahlen – und außerdem – die Bub-Brücke, wissen Sie.“

Als Patricia hörte, wie sich die Haustür hinter ihrem Mann schloss, seufzte sie tief und sank völlig zusammengebrochen auf den Diwan.

Am nächsten Tag kleidete sich Patricia in einen schlichten, dunklen Rock, einen langen grauen Mantel und trug zwei schwere Schleier über einer unauffälligen Matrosenmütze. In ihrer Hand hielt sie eine kleine Handtasche, die den kostbaren Scheck und den abscheulichen Brief von John Doe enthielt. Zuerst ging sie zur Bank und tauschte den Scheck in knackige Tausend-Dollar-Scheine um. Dann ging sie schnell und nahm die Auffahrt in jene unbekannte Gegend, die Männer Innenstadt nennen. Es war kaum schwierig, den Ort zu finden. Die schmale Tür, die sie sich vorgestellt hatte, war breit – sogar imposant, und ein irischer Hausmeister mit fröhlicher Miene fegte den Bürgersteig und pfiff. Es war nicht im Geringsten dickensisch oder machiavellistisch. Die Atmosphäre war die eines sehr fröhlichen und modernen New Yorks und Patricias Stimmung kam wieder auf. Ein adrett gekleideter Junge in Hemden bediente den Aufzug.

Doch als der Aufzug hochschoss, schoss Pattys Herz in die Knie. Sie hatte gehofft, dass es Treppen zum Erklimmen geben würde. Der bevorstehende Besuch erfüllte sie mit Besorgnis, und bevor sie es merkte, wurde sie – ein Bündel zitternder Nerven – direkt vor der Tür abgesetzt. Sie sammelte ihre zerschmetterten Kräfte, klopfte zaghaft und trat ein. Es war ein freundlicher Raum mit einem hellen Teppich und Blick auf den Fluss. Ein kleiner Junge, der hinter einem Holzgeländer saß, sprang auf und trat vor.

„Ich möchte Mr. Doe sehen“, stammelte Patty, „Mr. John Doe."

„Muss ein Fehler sein“, sagte der Jugendliche. „Das ist Fairman & Brookes, Investments. Hier gibt es niemanden mit diesem Namen, Ma'am.“

In diesem Moment kam ein älterer Mann von sehr anständigem Aussehen aus einem Innenbüro.

"Frau. Krabbe?" erkundigte er sich höflich. „Das reicht, Dick, du kannst hineingehen", und dann eher fragend: „Du wolltest Mr. – äh – Mr. – Doe sehen? Herr John Doe? Ich glaube, er hat dich erwartet. Wenn Sie einen Moment warten, werde ich sehen", und er betrat eine Tür, die zu einem anderen Büro führte.

Patricia ließ sich völlig verblüfft auf einen Stuhl am Geländer fallen. Dieses bösartige Wesen erwartete sie! Wie konnte er sie erwarten? Es war erst Freitag und der Termin war erst am Mittwoch der darauffolgenden Woche. Sie betrachtete ihre Umgebung und versuchte, einen Fehler in ihrem wohlhabenden Gewand der Seriosität zu finden. Dass solch eine Schurkerei unter dem Deckmantel eines anständigen Geschäfts existieren könnte! Und die wohlwollende Person, die ihren Namen getragen hatte, könnte mit Recht in der Sakristei der St.-Christian-Kirche dienen! Tatsächlich gab es in dieser abscheulichen Gemeinschaft von Geschäftsleuten ein Ausmaß an Ungerechtigkeit, das ihr kleiner gesellschaftlicher Absturz niemals zum Vorschein bringen konnte. Der kleine rothaarige Mann mit den Frettchenaugen war aus ihrem Kopf verschwunden. An seiner Stelle sah sie einen noch beunruhigenderen Typ – den schlanken, gepflegten Mann mit verschwommenen Augen, den sie und Mort oft beim Essen in beliebten Restaurants gesehen hatten. Ihre Mission würde nicht so einfach zu erfüllen sein, wie es schien. Ihre Rede an den frettchenäugigen Mann, die sie so sorgfältig einstudiert hatte, war völlig aus ihrem Gedächtnis verschwunden. Was sie diesem anderen Mann sagen sollte, den sie sowohl verabscheute als auch fürchtete, wollte ihr vagabundierender Verstand nicht erfinden. Trotz einer tapferen Kopfhaltung saß sie also in einer Art Ohnmacht der Bestürzung da und wartete – sie wusste nicht, was.

Der wohlwollende Sakristei kam lächelnd zurück.

"Herr. Doe ist gerade hereingekommen, Mrs. Crabb. Wenn Sie so freundlich wären, kommen Sie hier entlang." Er öffnete die Tür und trat mit einer altmodischen Höflichkeit beiseite, die sie fast entwaffnete. Er folgte ihr in den inneren Korridor und öffnete lächelnd eine weitere Tür, und Patricia, von Kopf bis Fuß zitternd, aber dennoch entschlossen, ging hinein, während die ältere Person vorsichtig die Tür hinter sich schloss. Eine große Gestalt in einem Mantel und einem weichen Hut beugte sich über den Kamin auf der gegenüberliegenden Seite des Raumes und richtete einen Holzscheit.

"Herr. Damhirschkuh?" kam mit leiser, gedämpfter Stimme hinter Patricias Schleier hervor.

Der Mann am Kamin stocherte immer noch in den Holzscheiten herum und machte keine Anstalten, seinen Hut abzunehmen.

„Der Rohling – der absolute Rohling", dachte Patricia – und dann laut: „Mr. Doe, glaube ich."

„Ja, Madam", sagte schließlich eine Stimme. „Ich bin John Doe – was kann ich für Sie tun?"

„Ich bin wegen der Briefe gekommen – der Briefe, über die Sie mir geschrieben haben. Ich bin bereit, sie zu erlösen."

„H-m", knurrte der Mantel. „Es ist Crabb, nicht wahr? Frau Crabb? Ich bekomme immer die Cobb- und Crabb-Buchstaben gemischt – sechs von einem und ein halbes Dutzend von den anderen – –"

„Ich bitte um Verzeihung", stockte Patty.

„Fälle sehr ähnlich. Böser Mann – gute Frau. Vertraulicher Ehemann – hey? „Na ja", murmelte er brutal, „hast du das Geld mitgebracht?"

„Es ist hier", sagte Patricia zitternd. „Jetzt die Briefe – und lass mich gehen."

Der Mann ging langsam, mit dem Rücken zugewandt, auf einen Schreibtisch an der Wand zu, holte ein Paket heraus, stand auf, drehte sich um und reichte es Patricia.

Wäre ihr Blick nicht so eifrig auf die Handschrift auf dem Paket gerichtet gewesen, wären ihr die lächelnden grauen Augen über dem hochgeschlagenen Mantelkragen aufgefallen.

„Ja, es ist versiegelt und an mich gerichtet!" sie weinte überrascht. „Das Paket wurde noch nicht einmal geöffnet."

„Das habe ich nie behauptet", sagte der Mann im Mantel und nahm seinen Hut ab. „Ich wollte das Zeug nicht lesen, Patty."

Das Paket fiel inmitten der flatternden Geldscheine zu Boden. Patricias Knie zitterten und sie wäre gefallen, wenn nicht ein Paar starker Arme sie umschlossen und gehalten hätten.

„Es ist nur Mort, Patty", sagte eine Stimme. „Verstehst du nicht? Es war alles eine Täuschung und ein Fehler. Es gibt keinen John Doe. Es ist nur Ihr Mann –"

„Oh, wie konntest du, Mort?" schluchzte Patricia. „Wie konntest du so hart – so – so grausam sein?"

Crabbs Antwort war, den Schleier vom Gesicht seiner Frau zurückzuschlagen und ihre Tränen wegzuküssen. Sie wehrte sich jetzt nicht mehr und sank mit einem erholsamen Seufzer an ihn, der ihm mehr verriet, als alle Worte das volle Ausmaß ihrer Reue ausdrücken könnten. Doch im nächsten Moment fuhr sie blass und mit großen Augen hoch.

„Aber dieses Büro – diese Leute – wissen sie –"

„Gott sei Dank, nein", lachte Crabb. „Fairman ist eine Art Geschäftspartner von mir. Ich habe mir sein Privatbüro nur für etwa eine Stunde ausgeliehen. Er hält es für einen Scherz. Es war – ist – ein grausamer –"

„Aber er wird es erraten –"

„Oh nein, das wird er nicht", lachte Crabb.

Patricias Blick fiel still auf den Boden, wo die Scheine und das Paket noch immer in ungeordnetem Durcheinander lagen.

„Und die Briefe – Sie haben sie noch nie gelesen?"

sie nicht lesen ."

„Kannst du mir jemals vergeben, Mort?" Sie löste sich von ihm, beugte sich zu Boden, hob das Paket auf und brach das Siegel auf.

„Aber du *sollst* sie lesen, Mort", rief sie mit flammendem Gesicht, „jeden letzten Blödsinn davon."

Aber Crabbs Hände schlossen sich um ihre und nahmen ihr sanft das Paket ab. Seine einzige Antwort bestand darin, die Papiere ins Feuer zu werfen.

„Oh, Mort", murmelte sie entsetzt, „was hast du getan – du könntest jetzt *alles* von mir glauben."

„Das werde ich", kicherte er, „das ist deine Buße."

„Bitte, Mort – es ist noch Zeit – lies einfach ein paar –"

Crabb stocherte energisch im Feuer herum.

„Oh, Mort, es ist unmenschlich! Du kanntest nur Heywood Pennington –"

„ Sh-- ", sagte Crabb und legte seine Hand auf ihre Lippen. "Keine Namen--"

"Aber er--"

„Nein, nein." Und dann, nach einer Pause: „Er war nicht einmal jemand, der hätte sein können, Patty." Sie sagte nichts mehr. Sie saßen Hand in Hand und sahen zu, wie die Aufzeichnung von Patricias Dummheit in Rauch aufging. Und als der letzte Fetzen verschwunden war, sprang er fröhlich auf und hob die verstreuten Scheine auf.

„Komm, Patty, Mittagessen! Und danach" – Mortimer Crabb hielt wieder inne und blinzelte fragend ins Feuer – „ sollten wir nicht besser Ihre Verlobung einhalten – mit Madame Jacquard?"

Kapitel XVII

Damit endete das, was hätte sein können . Und das Ding, das Patricia für das Phantom der Romantik gehalten hatte, ging im Rauch von John Does Feuer auf. Mortimer Crabb gab nie Auskunft darüber, wie er an die Briefe gelangte, noch gab er Auskunft darüber, was aus Heywood Pennington geworden ist. Für einen schrecklichen Moment ging Patricia der Gedanke durch den Kopf, dass in dem Paket, das ihr Mann verbrannt hatte, vielleicht nie Briefe von ihr gewesen waren, aber sie verwarf das sofort als eine unangenehme Widerspiegelung der Qualität ihrer Intelligenz. Aber eines war sicher: Sie hatte jetzt ein ausreichendes Verständnis für die Gedanken ihres Mannes. Es war das einzige Missverständnis, das sie je hatten, und Patricia wusste, dass es nie wieder zu einem weiteren kommen würde. Mr. Pennington erschien nicht wieder und was diese wahrheitsgetreue Geschichte betrifft, könnte er nach seiner Abreise aus New York sofort nach Jericho gereist sein. Patricia hörte auf, an ihn zu denken, nicht weil er nicht anwesend war, sondern weil der Gedanke an ihn sie daran erinnerte, dass sie eine Narrin gewesen war und keine Frau mit dem Ruf für Klugheit, den Patricia besaß, es sich leisten konnte, ein solches Eingeständnis zu machen, nicht einmal sich selbst gegenüber . Sie war sich nun mehrerer Dinge sicher – dass sie Mortimer Crabb von ganzem Herzen liebte – und dass sie ihr ganzes Leben lang niemals jemand anderen lieben würde. Sie könnte flirten, ja – nein, mehr noch, sie *muss* flirten. Welchen Sinn hatte es, sein Leben damit zu verbringen, eine Kunst zu der Perfektion zu bringen, die Patricia erreicht hatte, und dann plötzlich darauf zu verzichten? Glücklicherweise verlangte ihr Mann das nicht von ihr. Er wusste nie genau, was sie als Nächstes tun würde, aber er misstraute ihr nie wirklich. Und Patricia muss man zugute halten, dass sie nie Schmerzen verursachte und dass, wenn sie flirtete – was sie manchmal tat –, es einem guten Zweck diente.

Der Bau des Landsitzes war im Winter vorangetrieben worden, und zu Beginn des Sommers wurden sie dort installiert. Beginnend mit der Einweihungsfeier, die unvergesslich war, kamen und gingen Gäste, und bei allen übte Patricia ihren Altruismus aus, der seit dem Abenteuer mit John Doe einen etwas anderen Charakter angenommen hatte. Doch selbst darin fand sie Arbeit für ihre fleißigen Hände.

Crabbs unter ihren Gästen als Überbleibsel der Einweihungsparty ein junges Mädchen bei sich hatten, das, weil es nur ein wenig jünger als Patricia an Jahren, aber um Jahrhunderte jünger in Bezug auf die Welt war, zu einer von ihnen geworden war liebste Freunde.

Auch die kleine Miss North liebte sie – sie sah zu ihr auf, als wäre sie eine unwissende Person gegenüber den Weisen, und als ihre Verlobung mit dem

Baron DeLaunay bekannt gegeben wurde, kam Aurora und erzählte es Patricia, noch bevor sie es ihrer Familie erzählte. Doch Patricias kluger Verstand entdeckte, dass etwas nicht in Ordnung war, und sie drängte das Mädchen, zu ihrer Einweihungsfeier zu kommen, nur aus dem einzigen Grund, um herauszufinden, was wirklich in der Verlobung steckte, und vielleicht auch – wer soll das sagen? – , um ihre Künste wieder auszuüben.

Nach ein oder zwei Tagen sanften Fragens, Studierens und Beobachtens begann sie, Licht zu sehen.

Dann lud sie den Baron für ein Wochenende ein und traf einige Vorbereitungen.

Dann wartete sie mit zitternden Nerven auf seine Ankunft.

Sie traf ihren Mann und den Baron an den Stufen, als sie aus der Maschine stiegen, die sie vom Bahnhof brachte.

„Ah, Monsieur! so froh! Ich habe mich gefragt, ob Sie rechtzeitig zum Tee hier sein würden.“

„Wilde Pferde hätten mich nicht länger aufhalten können, wenn ich nur einen Blick auf Ihre *Beaux- Yeux geworfen hätte* , Madame.“

Er beugte sich mit einer hübschen Geste vor und küsste Patricias Fingerspitzen, aber sie lachte fröhlich.

„Verschwenden Sie keine schönen Reden, Baron. Außerdem –“ Sie hielt bedeutungsvoll inne und zeigte auf die Tür, durch die die Schultern ihres Mannes verschwunden waren, „sie ist da“, beendete sie den Satz.

„ *Hélas!* „Der Franzose zuckte ausdrucksvoll mit den Schultern; dann richtete er sich auf und zeigte lächelnd seine Zähne.

„Da meine Reden verschwendet sind, werde ich Ihnen folgen, Madame.“

Patricia hielt inne.

„Die ganze Welt liebt einen Liebhaber – sogar ich –“

"Ja ja--"

„Wenn ich sicher sein könnte, dass du –“

"Du?"

„Sie“, streng.

Er zuckte erneut mit den Schultern. „Ah ja – ich liebe sie – natürlich! Warum sollte ich sonst den Wunsch haben, sie zu heiraten?“

beaux yeux sprichst ?“ sagte sie nachdenklich.

„Weil ich nicht anders kann –“

„Ein Liebhaber sollte blind sein“, fügte sie hinzu.

„Wie ein Ehemann?“ fragte er bedeutungsvoll.

„Wie eine Ehefrau“, korrigierte sie nüchtern.

Er folgte ihr ins Haus, wo Aurora sie an der Tür der Bibliothek traf.

„Tee, Aurora“, verkündete sie. „Wirst du es einschenken? Mort und ich sind gleich da.“

Sie blieb beharrlich im Türrahmen stehen, bis sie DeLaunay sicher auf dem Sofa am Teetisch neben Aurora sitzen sah, und erst dann ging sie in Richtung Raucherzimmer.

Mortimer Crabb trank ein Glas Whisky und Wasser. Als er die Stimme seiner Frau hörte, drehte er sich um.

„Hast du es verstanden, Mort?“ Sie fragte.

Als Antwort kramte er in den Taschen seines Staubmantels und holte ein kleines Päckchen hervor.

"Oh ja. Hier ist es. Ziemlich unbedeutende Angelegenheit, um so viel Aufhebens zu machen“, und er reichte es ihr.

„Es sind die kleinen Dinge, die am meisten bedeuten, mein lieber Mann – so“, sagte sie bedeutungsvoll, „und das“, und sie küsste ihn als Belohnung.

Er hielt sie von sich weg und sah sie gut gelaunt an – mit dem fragenden Humor, der für ihn charakteristisch war.

„Du küsst mich nie, es sei denn, du hast Unfug im Schilde, Patty.“

„Dann solltest du froh sein, dass ich schelmisch bin, Mort. Es ist ein schlechter Wind, der niemandem etwas Gutes tut.“

"Hm. Warum das ganze Geheimnis? Kannst du es nicht einem Kerl sagen?"

Sie schüttelte den Kopf.

"NEIN."

"Warum nicht?"

„Denn dann weißt du nicht so viel wie ich.“

„Warum sollte ich nicht?" er protestierte. "Ich bin dein Ehemann."

„Denn wenn du so viel wüsstest wie ich –" Sie hielt inne. „Weißt du, Mort, nur der unwissende Ehemann ist vollkommen glücklich."

„Da bin ich mir nicht so sicher", lachte er.

„Bist du nicht glücklich, Mort?" Sie fragte.

„Ah, hängen Sie es auf, ja. Aber--"

„Dann gibt es nichts mehr zu sagen", und sie küsste ihn erneut.

„Ich kann es nicht verstehen –"

Sie legte widerstrebende Finger auf seinen Arm.

„ Natürlich geht das nicht. Das ist einer deiner Reize, Mort, mein Lieber. Für eine Frau ist es viel besser, missverstanden zu werden. Der Ehemann, der seine Frau „versteht", ist auf dem Weg ins Fegefeuer. Stellen Sie keine Fragen mehr. Wenn ich ihnen antworte , werde ich dich sicherlich anlügen."

„Was zum Teufel können Daggett und McDade für Sie tun? Sie sind Auftragsdrucker. Sie gravieren weder Ihre Karten noch Ihr Briefpapier oder ähnliches –"

„N——o", mit steigender Betonung.

"Also was?"

„Ich brauchte etwas Druck."

„Nun, warum gehst du nicht zu Tiffany? Die Idee, mich auf die Ostseite zu schicken –"

„Das sind so bezaubernde Drucker, Mort."

„Wer hat jemals davon gehört, dass ein Drucker bezaubernd ist? Fudge! Was ist das Spiel jetzt? Kannst du es nicht einem Kerl sagen?"

„Nein", entschieden.

Crabb erkannte immer den Endgültigkeitsklang in der Stimme seiner Frau, also zuckte er nur mit den Schultern und folgte ihr mit den Augen, während sie ihm einen weiteren Kuss zuwarf und die Treppe hinauf verschwand.

In der Privatsphäre ihres eigenen Zimmers machte Patricia einige kryptische Dinge mit Zeitungen, einer Schere und dem Paket aus dem entzückenden Drucker, und als sie fertig war, faltete sie die Zeitungen mit ihrem geheimnisvollen Inhalt, einschließlich der Schere, zusammen Mit einem flüchtigen Blick auf sich selbst im Spiegel ging sie die Treppe hinunter.

Sie betrat lautlos die Bibliothek und nachdem sie einen Blick auf ihre Gäste am Teetisch geworfen hatte, ließ sie ihr Paket in die Schublade des Bibliothekstisches gleiten und gesellte sich zu ihnen.

„Wie neidisch ihr mich macht – ihr zwei", seufzte sie und ließ sich auf einen Stuhl sinken, „ihr seid so zufrieden mit euch selbst – und miteinander."

DeLaunay lächelte und befingerte seine Teetasse.

„Hättest du es sonst haben sollen?" er hat gefragt.

„Oh nein", sagte sie leichthin, „ich bin eine professionelle Kindergärtnerin für höfliche und wohlmeinende Menschen unterschiedlichen Geschlechts. Den Kindergärtnerinnen sind Gefühle oder Meinungen jeglicher Art nicht gestattet, meine Lieben."

„Aber selbst Kindergärtnerinnen sind Menschen, sagt man mir", sagte DeLaunay und zeigte seine weißen Zähne.

"Sind sie? *Meine* Gouvernanten waren es nie. Sie waren alle unmenschlich – wie ich. Der Anblick jugendlicher Freiheit weckt alle meine professionellen Instinkte. Deshalb bin ich bei verzweifelten Müttern romantischer Erbins so gefragt."

„Patty! du bist schrecklich." Auroras schwere Lider öffneten sich weit. „Ich bin nicht romantisch – nicht im Geringsten – und ich bin *keine* Erbin – "

„Oh", sagte Patricia.

„Zumindest", ergänzte Aurora, „nicht im modernen Sinne. Aber es würde weder Louis noch mir etwas ausmachen, wenn wir wirklich für unseren Lebensunterhalt arbeiten müssten. Ich bin so bestrebt, der Welt von Nutzen zu sein. Oh, das haben wir doch schon geplant, nicht wahr, Louis?"

„Ja", sagte DeLaunay knapp und mit einem trotzigen Blick für Patricia. „Das haben wir geplant."

Patricias Lippen verzogen sich, aber sie sagte nichts.

„Ich denke manchmal, Patty", fuhr Aurora fort, „dass du ein wenig unsympathisch bist. Würde es Ihnen nicht wirklich gefallen, uns verheiratet zu sehen?"

Patricia lachte. „Oh ja – aber nicht zueinander."

"Warum nicht?"

„Zum einen bist du zu sehr verliebt, Liebes. *C'est Si bourgeois – n'est - ce - pas, Baron?* In Frankreich sind die Dinge besser geregelt?"

Er zuckte mit den Schultern.

„Ihre Bräuche in Amerika sind sehr angenehm", antwortete er unbeirrt. „Ich habe in der Tat das Glück, dass ich so sehr mit ihnen übereinstimme."

Aurora warf ihm zur Belohnung einen entzückten Blick zu, und er nahm ihre Finger in seine, in ruhiger Missachtung seiner hübschen Gastgeberin.

Patricia stellte lachend ihre fertige Teetasse ab und stand auf.

„Dann kann ich Sie – keinen von Ihnen – nicht entmutigen?"

Aurora lächelte verächtlich.

„Nicht im Geringsten – nicht wahr, Louis?"

„Nicht im Geringsten", wiederholte er.

„Oh, sehr gut, dein Blut klebt auf deinen eigenen Köpfen."

„Oder in unseren Herzen, Madame", korrigierte DeLaunay mit einer Verbeugung.

„Komm, Aurora", lächelte Patricia, „es ist Zeit, sich anzuziehen."

Patricia verbrachte einige Zeit und dachte über ihre Toilette nach. Ihre Farbe war tiefseegrün, denn sie passte zu ihren Augen, die heute Abend unergründlich waren. Mitten in ihrer zierlichen Beschäftigung drehte sie den Kopf über die Schulter und rief ihren Mann. Mortimer Crabb erschien in der Tür seines angrenzenden Ankleidezimmers, eine Seite seines Gesichts rasiert, die andere weiß vor Schaum.

"Was ist es?" er murmelte.

Patricia betrachtete mit Hilfe eines Handspiegels ihren Hinterkopf am Frisiertisch, nahm die Haarnadeln eine nach der anderen aus ihrem Mund und platzierte sie bewusst, bevor sie antwortete.

„Mort", sagte sie langsam, „ich möchte, dass du mit Aurora eine Fahrt mit dem Motor machst –"

"Heute Abend! Oh, ich sage, Patty –"

„Heute Abend", sagte sie bestimmt. „Ich werde es arrangieren. Es wird dunkel sein und du wirst dich verirren –"

„Woher weißt du, dass ich es bin?"

„Weil ich es dir sage, Dummkopf! Du *musst* dich verirren – drei Stunden lang."

Er sah sie scharfsinnig an.

"Was läuft jetzt? Sag es mir, nicht wahr? Ich habe es satt, mich umzudrehen und mich tot zu stellen. Ich bin. Außerdem: Was kann ich drei Stunden lang mit diesem Mädchen machen?"

„Oh, das ist mir egal", sagte Patricia. „ Erzähl ihr Geschichten – romantische. Sie mag die. Was auch immer – machen Sie mit ihr Liebe, wenn Sie möchten."

„Damit DeLaunay mit *dir* schlafen kann ", sagte sie verdrießlich. "Ich verstehe. Ich werde das nicht dulden. Ich bin ohnehin nicht so begeistert von dem Kerl. Er vernachlässigt Aurora schändlich –"

„Es *ist* nachlässig von ihm, nicht wahr?" sagte sie und neigte ihren Kopf nach hinten, um ihren Kopfschmuck aus einem anderen Winkel zu betrachten.

Crabb trat einen Schritt näher und schwenkte in aufrichtiger Empörung seinen Rasierapparat.

„Es ist eine Schande, sage ich dir. Du scheinst kein Gewissen und keinen Sinn für Proportionen zu haben. Du würdest mit einem Zigarren-Indianer flirten, wenn nichts anderes in der Nähe wäre. Warum kann man diese jungen Leute nicht in Ruhe lassen? Glaubst du, mir gefällt die Idee, dass du den Abend hier gemütlich und warm mit diesem Franzosen verbringst, während ich mit diesem dummen Mädchen im Dunkeln herumschlendere?"

„Mortimer, du bist ungalant! Was hat die arme Aurora dir jemals angetan?" Sie drehte sich in ihrem Stuhl um, sah ihn an und brach dann in Gelächter aus. Er beobachtete sie mit verwirrtem Stirnrunzeln. Er wusste nie genau, wie er mit Patricia umgehen sollte, wenn sie ihn auslachte.

„Wenn du nur wüsstest, wie lustig du aussiehst, Mort, mein Lieber. Auf deiner Nasenspitze ist ein Seifenfleck und du siehst aus wie eine Charlotte Russe." Sie erhob sich langsam, legte ihre Finger auf seinen Arm und sah ihm mit einem sehr gewinnenden Gesichtsausdruck in die Augen.

„Sei nicht albern, Liebes", sagte sie leise. „Du weißt, dass du gesagt hast, dass du nie wieder an mir zweifeln würdest. Ich weiß, worum es mir geht. Ich habe eine Pflicht zu erfüllen, eine heilige Pflicht, und du wirst deinen Teil davon übernehmen."

"Eine Pflicht?"

Sie nickte. „Du darfst es nicht erfahren, bis alles vorbei ist. Du darfst nicht hinterfragen, du sollst gut sein und genau das tun, was ich dir sage. Nicht wahr, Mort? Da wusste ich, dass du es tun würdest. Es ist so eine Kleinigkeit."

Sie beugte sich so nah an ihn heran, wie sie konnte, ohne Seife auf ihr Gesicht zu bekommen.

„Ich werde dir ein Geheimnis verraten, wenn du versprichst, nett zu sein. Ich mag den Mann nicht – wirklich nicht – überhaupt nicht."

Er sah ihr in die Augen und glaubte ihr. „Am Ende setzt man sich immer durch, nicht wahr?" sagte er nach einer Pause.

„ Natürlich tue ich das. Was würde ein Weg *nützen* , wenn man ihn nicht *hätte* ?"

Das schien eine unbeantwortbare Logik zu sein, also grinste Crabb.

„Du bist eine seltsame Person, Patty", was, wie Patricia wusste, bedeutete, dass sie eine außergewöhnlichste und wunderbarste Person war. Deshalb lächelte sie ihn an, als er hinausging, weil sie seiner Meinung war.

Kapitel XVIII

Patricias Abendessen neigte sich seinem köstlichen Ende zu und der Kaffee war bereits serviert, als der Butler zur Haustür ging und ein Telegramm auf einem silbernen Tablett zurückbrachte.

Patricia hob es auf und drehte es behutsam um.

„Für dich, Aurora", sagte sie.

Aurora riss entschuldigend den Umschlag auf und las, ihre Stirn trübte sich.

„Ich hoffe, es ist nichts Ernstes", sagte Patricia süß mitfühlend.

Aurora erhob sich hastig. „Ich weiß es nicht", sagte sie zweifelnd und las dann: „,Tante Jane ist krank, fahren Sie, wenn möglich, heute Abend vorbei.' Es gibt keine Unterschrift. Ich schätze, ich muss gehen." Ihre Lippe trat kindisch hervor. „Wie ermüdend!"

„Das ist sehr rücksichtslos von ihr, nicht wahr?" sagte Patricia. Der Ausdruck des Unverständnisses lag immer noch auf dem Gesicht des jungen Mädchens.

„Ich verstehe nicht, was sie von mir will", murmelte sie.

„Vielleicht ist sie ernsthaft krank", sagte Patricia freiwillig.

„Vielleicht – ja, ich muss natürlich gehen. Aber wie kann ich?"

„Mortimer", gab Patricia das Stichwort.

„Ich fahre dich, Aurora", sagte Crabb.

„Und Louis?"

DeLaunay gab kein Zeichen.

DeLaunay kümmern , mein Lieber. Glaubst du, du könntest mir vertrauen?"

Auroras Lippen sagten: „Natürlich", aber ihre Augen zwinkerten mehrmals schnell, während sie sich an die Situation gewöhnte.

Als die Entscheidung getroffen war, trat DeLaunay vor.

„Wenn Sie möchten, dass ich gehe –"

„Ganz unnötig", warf Patricia schnell ein. „Wenn deine Tante Jane krank ist, Aurora –"

Einen bedauernden Moment lang hing Aurora im Wind.

„Oh ja – er würde im Weg sein. Ich lasse ihn bei dir, Patty. Bitte flirte nicht mehr, als du helfen kannst."

„Mein liebes Kind", sagte Patty mit feierlicher Überzeugung, „seit dem armen, dummen Freddy Winthrop sind verlobte Männer *tabu* . Außerdem habe ich heute Abend andere Pläne. Ich würde nicht flirten, wenn Sie das Apollo Belvedere zum Leben erwecken könnten. Wie Mortimer es so keusch ausdrückt: „Ich für den Flaum bei 10 GM." Monsieur wird zweifellos Poolschläge üben oder eine Partie Napoleon spielen."

„Oh ja", sagte der Franzose mit einer Ruhe, die den Unterton des Spottes kaum verbarg.

Aber Aurora war nach einem langen Blick in seine Richtung verschwunden, um Motorradkleidung anzuziehen, und als sie herunterkam, erwartete Mortimer Crabb mit seinem zitternden Auto sie in der Einfahrt. Patricia und der Baron winkten ihnen von der Veranda aus zum Abschied und gingen dann ins Haus, um den subtilen Glanz des Salons zu genießen. Patricia ging zum Kaminsims, drehte dem Feuer den Rücken zu, streckte ihre wohlgeformten Arme über das Regal und blickte ihren Gast mit festem Blick und einem Lächeln an, das irgendwo zwischen Verspottung und Liebkosung lag. DeLaunay sog genüsslich den Rauch seiner Zigarette ein und begutachtete seine Gastgeberin mit den halb geschlossenen Augen des Künstlers, der nach einem „Motiv" suchte. Sie war rätselhaft – diese Frau – wie die vagabundierende Farbe in einer Landschaft im Nachmittagssonnenlicht, die einen Moment in der Sonne schimmerte und sich im nächsten in einem schattigen Geheimnis verlor – nicht das Geheimnis der feierlichen Hügel, sondern das spielerische Geheimnis des Waldbach, der aus geheimen Orten spöttisch lacht. Ihre Augen lachten ihn aus. Er spürte es, obwohl keines der physischen Symbole des Lachens sichtbar war.

„Es tut mir so leid, Monsieur", begann sie auf Französisch. „Es ist *so* schade. Es gibt für niemanden eine Entschuldigung dafür, eine kranke Tante zu haben, wenn die Bühne für Gefühle bereitet ist. Ich hatte deinen Abend auch so sorgfältig geplant –"

„Sie sind die Seele der Freundlichkeit, Madame", sagte er höflich und musterte sie immer noch.

„Ja", fuhr sie langsam fort, „das glaube ich. Aber dann bin ich *chez moi* , und Nächstenliebe beginnt, wissen Sie, zu Hause."

„Ich hoffe, Sie nennen es nicht Wohltätigkeit. Man sagt, Wohltätigkeit sei kalt. Und Sie, Madame, was auch immer Sie ausdrücken möchten, sind nicht kalt.“

"Wie kannst du das wissen?"

"Deine Augen--"

Wieder meine *Beaux- Yeux*. "Sie zuckte mit den Schultern und drehte sich zur Tür um. „Ich denke, es ist an der Zeit, dass du Poolschläge übst.“

„Ah, du bist grausam!“ Er trat vor sie und streckte ihr protestierend die Hände entgegen. „Ich mag keinen Pool, Madame.“

„Oder Napoleon?“

„Nein – ich möchte mit dir reden. Bitte!"

Sie hielt inne und musterte ihn von der Seite.

„Ich muss ein paar Briefe schreiben“, sagte sie kurz.

„Bitte, Madame.“ Er stand vor ihr, seine schlanke Gestalt war anmutig gebeugt, und deutete flehend auf das tiefe Bettsofa, das einladend vor dem Feuer stand. Sie folgte seiner Geste mit den Augen, ging dann mit leichtem Lachen an ihm vorbei und setzte sich.

Dann nichts über meine *beaux yeux* “, *spottete sie.*

Er blickte sie mit einem Lächeln an, das seine feinen Zähne zeigte, und sank neben ihr und in einiger Entfernung.

„ *Voilà* , Madame! Siehst du ? Ich bin ein Engel der Diskretion.“

Sie lächelte anerkennend. „Ich bin froh, dass wir uns verstehen.“

"Tun wir?" fragte er mit einem Anflug von Unverschämtheit.

"Ich hoffe es."

"Ich bin mir nicht sicher. Für mich bist du immer noch ein Rätsel.“

„Bin ich? Das ist merkwürdig. Ich habe versucht, meine Bedeutung deutlich zu machen. Vielleicht kann ich es klarer machen. Seit einigen Wochen lieben Sie mich, Monsieur. Es gefällt mir nicht. „Ich flirte nie, außer mit sehr alten oder sehr jungen Leuten“, sagte sie verlogen. „Du entscheidest nicht innerhalb meiner Altersgrenzen.“

Er lachte fröhlich.

„Liebe gibt es in jedem Alter und in keinem Alter. Ich bin sowohl alt als auch jung. Alt in der Hoffnung, jung in der Verzweiflung – in Herzensangelegenheiten, das versichere ich Ihnen, ein wahres Baby in den Armen. Ich habe nie wirklich geliebt – bis jetzt."

„Warum heiratest du dann Aurora?" sie steckte ein.

Er sah sie verwirrt an und lachte dann fröhlich. „Madame, Sie sind zu schlau, um Ihre Zeit in Amerika zu verschwenden." Aber als Patricia sehr ernst ins Feuer blickte, verfiel auch er in Schweigen und runzelte die Stirn wegen der Asche seiner Zigarette.

„Ich verstehe nicht, Madame, warum wir über sie sprechen sollten", sagte er schmollend. „Es muss Ihnen klar sein, dass unser Verständnis vollständig ist. Die Ehen in meinem Land, wie Sie wissen –"

„Oh ja, ich weiß", unterbrach sie, „aber Miss North ist anders. Sie hat nicht die sozialen Ambitionen anderer Mädchen. Miss North ist romantisch, aber ziemlich unberührt. Ist Ihnen in den Sinn gekommen, dass sie vielleicht auf eine etwas andere Beziehung zwischen Ihnen hofft?"

„Wir sind gute Freunde – sehr gute Freunde. Sie ist bezaubernd", sagte er voller Begeisterung, „so weltfremd, so talentiert, so charmant." Wir werden sehr glücklich sein."

„Das hoffe ich", trocken.

Er untersuchte sie scharfsinnig.

„Ihr Glück liegt dir am Herzen! Ist es nicht so? Was ist zu befürchten? Ich werde sehr gut zu ihr sein. Wir verstehen einander. Sie wird sich über den Glanz meines alten Namens freuen, und ich wünsche mir die Möglichkeit, meine Ländereien wiederherzustellen und mich in eine einflussreiche Position unter meinem Volk zu versetzen. Ich sorge mich um sie, wie man sich um eine schöne Blume kümmert – aber den Geist – die Seele, Madame, ich habe sie woanders gefunden", er beugte sich vor und berührte ihre Finger mit seinen eigenen.

Patricias Blick war weit weg. Es schien, als wäre sie sich seiner Berührung nicht bewusst. „Es ist schade", sagte sie leise, „sehr schade." Es tut mir sehr leid."

„Könnte man nicht lernen, sich ein wenig um ihn zu kümmern?"

Dann wandte sie sich zu ihm, aber ihre Stimme war immer noch sanft.

„Wir sind nicht in Frankreich, Monsieur", sagte sie kalt.

"Was macht das schon?" er drängte. „Liebe kennt keine Geographie. Liebe ist ein Kosmopolit. Es kümmert sich nicht um Zeit, Ort oder

Konvention. Sie liegen mir sehr am Herzen, Madame, und was auch immer Sie denken mögen, ich freue mich, Ihnen das sagen zu können.“

„Und Aurora?“ Patricia wiederholte das Wort, als würde eine Alarmglocke läuten.

Der Baron lockerte seinen Griff und senkte den Kopf.

Sie beugte sich vor, den Ellbogen auf dem Knie, und blickte ins Feuer.

„Wissen Sie, Baron, es tut mir sehr leid für Aurora.“

Da er keinen Kommentar abgab, fuhr sie fort:

„Sie war immer ein sehr süßes, liebenswürdiges und ehrenhaftes Kind. Ich mag sie sehr. Sie war sehr allein mit ihren Büchern und ihrer Familie. Sie hat immer in einer eigenen Atmosphäre gelebt – einer Atmosphäre, die sie für sich selbst geschaffen hat, ohne Gleichaltrige. Ihre Mutter erzog sie ohne das geringste Wissen über die List, den Betrug oder die Bosheit der Welt, in der sie eines Tages leben sollte. Sie durchsuchten sogar die Zeitungen, bevor sie sie lesen durfte, und schnitten anstößige Absätze heraus. Sogar ich habe das getan, seit sie mich hier besucht hat. Ihr Vater war immer zu beschäftigt damit, Geld zu verdienen, um sich darum zu kümmern. Mit zwanzig Jahren ist sie immer noch eine Träumerin, in nichts als Jahren gealtert, lebt in einer eigenen Idylle, die schlafende Prinzessin im Märchen, die du, der tapfere Prinz, mit einem Kuss geweckt hast.“

DeLaunays Schultern bewegten sich leicht, als er seufzte.

„Dieser Kuss, Monsieur! „Du hast sie geweckt“, fuhr sie fort, „wozu?“ Sie hielt abrupt inne und drehte sich zu ihm um, um eine Antwort zu erhalten.

„Ihre Frage schmeichelt meiner Eitelkeit kaum“, sagte er lächelnd. „Es gibt Frauen –“

„Sie ist ein Kind.“

„Alle Frauen sind Kinder. Ich werde Mittel finden, sie glücklich zu machen.“

Patricia widmete sich wieder dem Feuer.

"Ich hoffe es. Mit Geld wären Ihre Chancen auf Glück größer. Ohne Geld –“ Sie hielt inne und schüttelte langsam den Kopf.

Der Baron drehte sich abrupt um, aber Patricias Blick war auf das Feuer gerichtet. Als er sprach, war sein Tonfall gedämpft, seine Haltung eingeschränkt.

„Madame – was meinen Sie?“

Sie sah ihn langsam an, ihr Gesichtsausdruck war sanft mitfühlend.

„Hast du es nicht gehört?“

„Was gehört, Madame?“

„Über das Unglück von Monsieur North – Sie müssen es in den Zeitungen gesehen haben –“

"Die Zeitung! Nein, was ist es?"

„Monsieur North hat sein Geld verloren.“

DeLaunay erhob sich schnell, eine Hand vor sich, als wollte er einen Schlag abwehren.

„Was du mir erzählst, ist unmöglich“, sagte er mit belegter Stimme.

„Nein“, ernst. "Es stimmt."

Er starrte sie ungläubig an, aber ihr Blick begegnete seinem ruhig und eifrig, und in ihren Tiefen sah er nur Mitleid.

„Hätte ich diese schreckliche Sache nicht gehört, Madame? Aurora hätte es mir gesagt.“

„Sie hätte es dir vielleicht sagen können, wenn sie es gewusst hätte.“

"Sie wusste nicht?"

„Sie wollen ihr den Schmerz ersparen. Das haben sie schon immer getan. Das ist einer der Gründe, warum sie hier bei mir bleibt. Verstehst du nicht?“

DeLaunay zeigte weitere Anzeichen von Unruhe und lief nun nervös auf dem Teppich auf und ab.

"Es ist unglaublich!" Er sagte: „Unglaublich! Ich kann nicht – nein –“ Und er blieb vor ihr stehen. „Nein, ich werde es nicht glauben!“

Patricia verschränkte die Hände vor den Knien und blickte sehr ernst ins Feuer. Sie wirkte wie jemand, der den Verlust eines sehr lieben Freundes betrauert.

"Woher weißt du das?" fragte er erneut besorgt.

„Von Mrs. North vor einer Woche, als sie Aurora zu mir kommen ließ. Aber es ist jetzt kein Geheimnis mehr, so wie es schon in den Zeitungen stand. Ich habe sie vor Aurora geheim gehalten. Sie ist so glücklich hier mit dir – ich hatte es nicht übers Herz, irgendetwas zu tun, um ihr Vergnügen zu zerstören."

„Aber North and Company ist ein sehr tolles Geschäftshaus. So reich, dass wir sogar in Frankreich von ihnen gehört haben."

„Ja – Herr. North ist seit Jahren reich", und dann mit einem Seufzer: „Es ist sehr traurig – sehr, sehr traurig."

„Aber wie konnte so etwas passieren? Sicherlich ist er klug genug –"

"Spekulation!" sagte Patricia einfach. „Alle unsere Geschäftsleute spekulieren. Sogar die Ältesten – die Klügsten."

DeLaunay sank in einiger Entfernung auf einen Stuhl, den Kopf in die Hände gestützt. „ *Dieu!* ", hörte sie ihn murmeln. „Was für ein schreckliches Land. Ich kann nicht glauben--"

Schließlich stand Patricia auf, ging hinüber und legte ihm leise die Hand auf die Schulter. Sie lächelte sogar.

„Es tut mir so leid, Monsieur. Natürlich wissen Sie das, oder? Aber ich bin mir sicher, dass sich alles zum Besten wenden wird. Aurora liebt dich. Sie müssen bedenken, dass Armut in den Beziehungen zwischen Ihnen keinen Unterschied machen wird. Sie wird sogar die Chance, arm zu sein, begrüßen – sie möchte der Welt wirklich von Nutzen sein – das hat sie gesagt – das hatten Sie sogar geplant, Monsieur!"

Der Franzose warf ihr nur einen Blick zu, ein Blick, in dem sich Verzweiflung, Unruhe, Nachforschungen und Zorn seltsam vermischten, dann erhob er sich und schritt durch den Raum davon.

„Du verspottest mich. Sie wissen, Madame – dass – dass es unmöglich ist – diese Ehe – wenn – was Sie mir sagen, wahr ist."

„Ich wünschte, ich könnte dich beruhigen", langsam.

„Welche Beweise haben Sie?"

„Ist mein Wort nicht genug?"

"Ja aber--"

„Du willst eine Bestätigung. Sehr gut!" Patricia ging zum Bibliothekstisch, öffnete die Schublade und holte *Sun* and *Herald heraus* . Als sie sie öffnete, fielen zwei Scherenschnitte und eine Schere auf den Boden. Sie hob sie auf, bevor DeLaunay sie erreichen konnte, und schlug die Zeitungen auf, die beide Anzeichen von Verstümmelung aufwiesen. Und während er sich fragte, was sie wohl tun oder sagen würde, fuhr sie ruhig, sogar gleichgültig, fort. „Ich habe diese Papiere ausgeschnitten, damit Aurora sie möglicherweise nicht sieht. Da Sie eine gewisse Ungläubigkeit bekunden, lesen Sie vielleicht lieber selbst." Und sie reichte sie ihm.

Mit zitternden Fingern rückte er sein Monokel zurecht und begann, die Zettel zu lesen, seine Lippen bewegten sich, seine Augen weiteten sich, während Patricia ihn beobachtete, ihre Augen von ihren Fingern verdeckt. Sie sah, wie er einen Artikel durchlas und dann den anderen überflog, die Lippen zusammengepresst, das kleine Kinn nach vorne gebeugt.

„Fünf Millionen Dollar!" flüsterte er schließlich. „Es ist schrecklich – schrecklich. Und es wird überhaupt nichts geben."

„Es sieht so aus, nicht wahr?" Sie hat geantwortet. "Weiter lesen."

Und er las den Rest laut vor und hielt bei jedem Satz inne, als wäre er von dem Schrecken fasziniert. Als er das letzte Wort gelesen hatte, fielen ihm die Papiere aus den Fingern auf den Teetisch neben ihm. Mit einer Grimasse ließ sein Brillenband die Länge seines Brillenbandes fallen, und er stand aufrecht da, straffte die Schultern und richtete sich mit der Miene eines Mannes, der einen Entschluss gefasst hat, zu seiner geringen Größe auf.

„Madame", sagte er ruhiger, „das sind sehr unangenehme Neuigkeiten."

„Es ist ziemlich traurig, nicht wahr? Aber ich muss Sie davor warnen, jetzt schon mit Aurora zu sprechen. Die Nachricht verbreitet sich schnell genug und morgen wird es vielleicht nötig sein, es ihr zu sagen. In der Zwischenzeit musst du sanft und zärtlich mit ihr umgehen – du kannst sie so sehr trösten. Sie wird jetzt all Ihre Freundlichkeit brauchen, Monsieur."

Aber DeLaunay hatte seine Uhr hervorgeholt. „Madame, ich danke Ihnen für Ihre Freundlichkeit mir gegenüber, aber ich bin – ich bin sehr beunruhigt – ich – ich möchte Miss North nicht sehen, bis ich darüber nachdenke, was ich tun muss. Würde es Ihnen etwas ausmachen, wenn ich in die Stadt zu meinem Hotel fahre …"

"Heute Abend?"

"Ja, heute Nacht."

„Sie wird es seltsam finden, dass du wortlos gehst."

„Ich – ich –"

„Sie könnten eine Nachricht hinterlassen."

„Du erlaubst es mir?"

Patricia sah zu, wie er sich schwerfällig an ihren Schreibtisch setzte.

„Monsieur", fragte sie, „was werden Sie ihr sagen?"

„Dass ich krank bin – dass ich –"

„Wie wird das Ihnen oder ihr helfen?"

Er zuckte hoffnungslos mit den Schultern.

„Was dann, Madame?"

„Ich weiß es nicht", sagte sie langsam. „Es ist eine sehr schmerzhafte Notiz zu schreiben. Es tut mir sehr leid für Sie, es tut mir leid für Miss North, es tut mir leid für mich selbst, dass Sie durch mich davon erfahren haben. Es ist merkwürdig, dass es dir niemand gesagt hat ", seufzte sie. „Aber vielleicht ist es ja auch gut, dass du es weißt."

„Ich bin dankbar, Madame, ich kann Ihnen gar nicht sagen, wie dankbar", begann er, aber sie hob die Hand.

„Es schmerzt mich, Miss North unglücklich zu sehen, aber ich weiß mehr über das Leben als sie. Ich wurde in Frankreich ausgebildet, Monsieur, und ich weiß, was von amerikanischen Mädchen erwartet wird, die in die *Ancienne Noblesse* – die *Noblesse de Souche* – einheiraten . Ohne einen *Punkt ist diese Ehe* natürlich unmöglich."

„Ja, Madame, das stimmt. Es ist – unmöglich, absolut unmöglich."

„Aurora – Miss North glaubt an Ihre Liebe zu ihr – sie wird es kaum verstehen –"

DeLaunay drehte sich in seinem Stuhl um, erhob sich und blickte die Gastgeberin an.

„Es darf kein Missverständnis zwischen uns geben", sagte er entschieden: „Ich werde sofort gehen."

„Das ist Ihre Entscheidung – Ihre endgültige Entscheidung?"

„Es ist – endgültig."

Inzwischen stand sie neben ihm am Schreibtisch, und während sie sprach, deutete ihr Finger auf das Papier und die Tinte .

„Dann müssen Sie ihr heute Abend schreiben – bevor Sie gehen. Es wäre nicht fair, die Sache mir zu überlassen. Es ist weder ihr noch dir selbst gegenüber fair. Setzen Sie sich, Monsieur, und schreiben Sie."

Er sank wieder in den Stuhl.

„Und was soll ich schreiben?"

„Wenn ich dir helfen kann –", süß.

„Ich werde aufschreiben, was Sie sagen", mit einem erleichterten Seufzer.

Also setzte sich Patricia neben ihn und diktierte mit besorgter Stirn auf Englisch.

„Meine liebe Miss North:

„Mit Entsetzen und Bestürzung habe ich von dem großen Verlust erfahren, der Sie und Ihre Familie getroffen hat, aber angesichts dieses Unglücks halte ich es für das klügste, sofort zu gehen.

„Sie werden natürlich verstehen, dass es unter diesen Umständen ratsam ist, unsere derzeitigen Beziehungen sofort abzubrechen, und da meine Anwesenheit sich als peinlich erweisen könnte , gehe ich mit einem Gefühl großer Unzufriedenheit. Sie kennen zweifellos die Gepflogenheiten meines Landes in Bezug auf Siedlungen, deren Fehlen die Möglichkeit einer Heirat meinerseits ausschließen würde.

"Frau. Crabb hat freundlicherweise zugestimmt, mich bei Ihnen für meinen abrupten Weggang zu entschuldigen und zu entschuldigen, den ich mit tiefem Bedauern aufnehme, umso tiefer, als ich Ihre vielen wunderbaren Eigenschaften schätze, an die ich, wie Sie sicher sein können, nie aufhören werde, mit Zärtlichkeit zu denken und bedauernde Gefühle –"

Patricia brach abrupt ab. „Ich denke, das ist alles, Monsieur. Wirst du es zu Ende bringen – wie es dir gefällt?"

Der Baron nickte und fügte hinzu:

„Ich, Mademoiselle, mit der tiefen Zusicherung meiner Freundschaft und Rücksichtnahme,

„ Dein,
„Louis Charles Bertram de Chartres, „Baron DeLaunay ".

Patricia hatte inzwischen befohlen, den Koffer des Barons zu packen, hatte einen Kombi angerufen und stand eine Weile später im Flur und beschleunigte den Abschiedsgast.

„Müssen Sie gehen, Monsieur? Es tut mir so leid. Ich verstehe natürlich. Ich bin der Verlierer." Und mit der Großzügigkeit eines siegreichen Generals, dessen Feind nicht mehr gefährlich ist. „Wenn du nett bist, darfst du mir die Hand küssen."

Als DeLaunay sich über ihre Finger beugte, murmelte er: „Wenn *Sie* es nur gewesen wären , Madame."

Und im Nu war er gegangen.

KAPITEL XIX

Patricia stand einen Moment im Flur und betrachtete den Zettel an Aurora, den sie in ihren Fingern hielt. Dann ging sie an den Schreibtisch, den ihr Gast erst kürzlich verlassen hatte, und schrieb eine Stunde lang ununterbrochen. Ihre These war die internationale Ehe, und sie nannte sie Crabb vs. DeLaunay und legte zwei Papiere bei, DeLaunays Notiz und die Zeitungsausschnitte aus ihren bezaubernden Druckern. An ihnen waren Zettel befestigt, auf einen davon hatte sie „Beweisstück A" und auf den anderen „Beweisstück B" geschrieben. Sie versiegelte sie alle in einem langen, an Miss North adressierten Umschlag und reichte ihn Auroras Zofe mit der Anweisung, ihn ihrer Herrin zu geben, wenn sie in ihr Zimmer gegangen sei.

Von ihrem eigenen Bett aus hörte Patricia, wie der Motor ankam und ihr Mann unten im Flur rauchte, das Geräusch von Auroras Tür, die sich schloss, und von Mortimers schweren Schritten in seinem eigenen Quartier; dann, nach einer Weile , Stille. Sie lag im Dunkeln auf ihrem Bett und lauschte aufmerksam. Es dauerte lange, bis sie belohnt wurde. Dann öffnete sich leise ihre Tür, und in der Öffnung zeigte die Nachtlampe ein blasses, tränenüberströmtes Gesicht und eine schlanke, mädchenhafte Gestalt, gehüllt in einen blassblauen Morgenmantel.

„Patricia!" Das Mädchen schluchzte halb, flüsterte halb: „Patty!"

Patricia erhob sich in ihrem Bett und nahm die schlanke Gestalt in ihre schützenden Arme. „Aurora – Liebling. Ich habe auf dich gewartet. Kannst du mir vergeben?"

„Ja – ja", schluchzte das Mädchen. "Ich verstehe."

„Du warst zu gut für ihn, Aurora, Liebes. Er war deiner nicht würdig." Und dann, als nachträglicher Einfall. „Aber andererseits kenne ich keinen Mann, der das ist."

Patricia atmete erleichtert auf. Sie hatte gedacht, dass es schwieriger werden würde. Sie machte Platz für das Mädchen im Bett neben ihr und tröstete und streichelte sie, bis sie einschlief.

„Arme Aurora", murmelte sie leise vor sich hin. „Du warst nie für ein solches Leben bestimmt, Kind. Der Mann, den Sie heiraten, soll ein Amerikaner sein, ein schönes, junges, gesundes Tier wie Sie. Ich werde dir seinen Namen nicht sagen, denn wenn ich es täte, würdest du ihn wahrscheinlich ablehnen, und das würde natürlich niemals gehen. Es muss irgendwie gehandhabt werden. Er ist arm, weißt du, mein Lieber, aber dann ist das auch egal, denn dann hast du genug für beides."

Aurora brauchte nicht lange, um sich von dem Schock der Ernüchterung zu erholen, und bald war sie wieder auf dem Golfplatz, mit ihrer gewohnten, fröhlichen Fangemeinde. Aurora hatte viele Tugenden und Erfolge, und Patricia mochte sie sehr. Während des Winters in der Stadt hatte sie ein Abendessen für sie veranstaltet, zu dem Stephen Ventnor eingeladen war. Patricias Plan war bewundernswert gelungen, denn Ventnor war nach mehreren Jahren unbeugsamer Treue gegenüber der Asche der trauernden Patricia plötzlich zum Leben erwacht. Er mochte Aurora so sehr, dass er sich nicht einmal die Mühe machte, sein neues Gefühl vor Patricia zu verbergen. Patricia seufzte, denn auch jetzt noch fiel ihr der Verzicht schwer, aber als sie für den Sommer aufs Land zog, streckte sie ihm die Schnur für die Wochenenden hin, damit er jede Woche rauskommen und mit Aurora Golf spielen konnte. was zeigte, dass die Ehe Patricia doch etwas gelehrt hatte.

Patricia hatte beschlossen, dass Aurora North Steve Ventnor heiraten sollte, und dieser Entschluss veranlasste sie, nichts unversucht zu lassen, um das freudige Ereignis zu einem Abschluss zu bringen. Die geschickte Schöpferin von Möglichkeiten, an die sie sich erinnerte, vertraute manchmal darauf, dass sich Gelegenheiten von selbst ergeben. Sie wusste, dass Propinquity ihr Oberleutnant war und die unaufdringliche Art und Weise, wie diese beiden jungen Leute immer wieder zusammengewürfelt wurden, muss selbst für sie selbst eine Überraschung gewesen sein. Ventnor nahm seine zwei Wochen Urlaub im Juli und verbrachte sie bei den Crabbs . Patricia hatte geglaubt, dass diese zwei Wochen das glückliche Geschäft zu einem Abschluss gebracht hätten – denn Aurora war gerade bereit, vom Aufschwung überrascht zu werden, und Ventnor war jetzt sehr verliebt. Doch als Steves Urlaub vorbei war und er seinen Koffer gepackt hatte, um traurig in die Stadt zurückzukehren, wusste Patricia, dass etwas passiert war, das ihre gut durchdachten Pläne geändert hatte.

Sie hatte nie einen Gedanken an Jimmy McLemore verschwendet. Sie hatte die drei im Laufe des Sommers viele Male von ihrem Schlafzimmerfenster aus gesehen, Aurora, Steve und McLemore, aber der Gedanke, dass Aurora eine Vorliebe für den Golfautomaten hegen könnte, war ihr nicht einen Moment in den Sinn gekommen. Mit gemischten Gefühlen beobachtete sie, wie Mr. Ventnor zurückging.

„Du wirst am Samstag wie immer draußen sein, nicht wahr, Steve?" Sie fragte.

„Oh ja, danke, Patty", antwortete er, „ich komme raus, wenn du mich hast." Aber es nützt nicht viel, wissen Sie."

„Sei nicht so sanftmütig, Steve!" Sie weinte. „Du bist unmöglich, wenn du so bist. Welchen irdischen Nutzen hast du aus all meiner Ausbildung gemacht?"

Ventnor lächelte traurig.

„Du hast nicht früh genug angefangen, Patty", sagte er.

Das freute Patricia und sie fasste den mentalen Entschluss, Aurora zu heiraten, Steve sollte es tun, wenn es in ihrer Macht stünde, es zu schaffen.

„Mit diesem Mädchen stimmt etwas nicht", sinnierte sie, während sie Aurora und „der Sphynx" – wie McLemore gemeinhin genannt wurde – beim fünften Loch zusah. „Jeder, der in Jimmy McLemore etwas Heiratsfähiges sieht , sollte sorgfältig hinter einer Gartenmauer eingesperrt werden. Jimmy! Ich würde am liebsten daran denken, eine Buddha-Statue zu heiraten."

Der *Blue Wing* war im Sommer außer Betrieb. Mortimer bestand darauf, dass kein vernünftiger Mann sowohl eine große Yacht als auch einen großen Landsitz unterhalten könne. Aber Patricia war sehr glücklich und beobachtete die Entwicklung von Steve Ventnors Romanze mit neidischem Blick. Als der Sommer in den Herbst überging, musste sie zugeben, dass es sich bei der ganzen Sache schließlich vor allem um Golf drehte.

Aurora war verrückt nach Golf, das wusste Patricia, und als Jimmy McLemore am sechzehnten Loch einen 20-Fuß-Putt hinlegte, um einen „Bird" zu erzielen, und damit „drei und zwei" von Steve Ventnor gewann, gewann Patricia die Golfmeisterschaft des Country Clubs löste sich von der „Galerie", die den Spielern gefolgt war, und machte sich traurig auf den Weg zur Veranda des Clubhauses. Penelope Wharton, ihre Schwester, die Ventnor liebte, folgte ihr, ein Bild der Niedergeschlagenheit. In der Vormittagsrunde hatte Steve „eins vorne" gelegen; und die Hoffnungen der beiden Frauen waren groß, dass ihr Champion seinen Vorsprung im Laufe des Nachmittags ausbauen oder zumindest gegen seinen gefürchteten Gegner behaupten könnte, doch nach den ersten paar Löchern hatte der Sieger eine dieser „Streaks" entwickelt " wofür er berühmt war, und obwohl der arme alte Steve ein stetig bergauf verlaufendes Spiel gespielt hatte, war das Glück gegen ihn und er wusste am zehnten Loch, dass der Goldpokal verloren war, wenn McLemore nicht in einem Anfall umfiel Jahr mindestens.

Patricia erkannte auch, dass der berühmte Goldpokal möglicherweise nicht der einzige Preis war, der auf dem Spiel stand.

Person wahrscheinlich heiraten ." Mr. McLemore wäre verdorrt, wenn er den Ausdruck in Patricias Augen gesehen hätte, denn wenn Patricia einen Menschen als „Person" bezeichnete, bedeutete das, dass ihre Gedanken unaussprechlich waren.

„Das nehme ich an", sagte Penelope.

„Ich habe keine Geduld mit Aurora North", sagte Patty, „ihr mangelt es absolut an Augenmaß. Stellen Sie sich vor, Ihr Lebensglück hängt vom Schicksal eines einzigen Putts ab."

„Und Steve ist *so* ein Schatz."

„Er ist, das ist das Schlimmste – und sie passen in jeder Hinsicht hervorragend zueinander – durch Geburt, Zucht und Umstände. Als Sportler mag Jimmy ein Erfolg sein, aber als Gentleman – als Liebhaber – als *Ehemann* –"

Patricias zwei braune Hände hoben protestierend in Richtung Olymp. „Es ist abscheulich, Pen, ein Fall für eine Grand Jury – oder einen Gerichtsmediziner!"

„Aurora ist ein zu nettes Mädchen", seufzte Penelope.

"Hübsch! In allem außer Diskriminierung. Das ist die Gefahr, ein „Mädchen draußen" zu sein. Je mehr Muskeln, desto weniger graue Substanz. So etwas bringt das Kräftegleichgewicht durcheinander." Patricia seufzte – „ Oh, ich habe es versucht und ich weiß es." Eine Frau mit zu vielen Muskeln ist wie eine übertapelte Jolle – bei leichtem Wind in Ordnung, aber bei einem Schlag gefährlich. Was ist der Nutzen? Unsere größte Stärke ist schließlich die Schwäche."

„Ich bin mir sicher, dass du Aurora davon nicht überzeugen konntest – und Steve auch nicht."

„Ich weiß es nicht", sagte Patricia langsam, „aber ich würde es gerne versuchen."

Das weitere Gespräch wurde durch das Eintreffen der hellgrünen, durstigen und kontroversen Menge unterbrochen. Steve Ventnor war, wie der gute Verlierer, der er war, der Erste gewesen, der McLemore zum Glück die Hand geschüttelt hatte, und wenn er schweren Herzens war, ließ sich das auf seinem lächelnden Gesicht nicht erkennen. Zumindest vorerst hatte er das Feld seinem Eroberer überlassen, der zusammen mit Aurora das Ende der „Galerie" bildete und rechts und links Händeschütteln mit der unveränderlichen Würde entgegennahm, die ihm seinen Beinamen „Sphynx" eingebracht hatte. An der Verandatreppe nahm ihn Mortimer Crabb ins Schlepptau und brachte ihn zum Tisch, wo Penelope und Patricia traurig Limonade genossen.

„Schade, Steve", sagte Patricia mit einer Klarheit, die nicht zu täuschen vermochte. „Niemand, der nur Blut in seinen Adern hat, kann damit rechnen, mit einem hydraulischen Widder zu konkurrieren. Er ist ein wunderbarer Mechanismus – Jimmy ist es –, aber ich werde immer von der Angst gequält, dass er eines Morgens vergessen könnte, sich aufzuziehen. Mort, hättest du ihm nicht etwas Sand in die Orientierung streuen können?“

„Oh, er hat jede Menge Sand“, sagte Crabb großzügig.

„Er ist ein verdammt guter Golfer“, sagte Steve und sah Patricia vorwurfsvoll an. „Er ist der bessere Mann, das ist alles.“

Er sank neben Patricia, während Crabb einen Steward die Befehle entgegennehmen ließ.

„Nein“, murmelte Patricia. „Das nicht, nicht der bessere Mann, nur der bessere Golfer, Steve.“ Und dann mit einer plötzlichen und rätselhaften Veränderung seines Verhaltens: „Weißt du, warum er immer eine purpurrote Weste trägt?“

„Nein – das habe ich nie gedacht“, antwortete Steve.

„Es ist sehr – un-äh – unprofessionell, nicht wahr?“

„Es ist nicht das, was ein Mann trägt, das Löcher gewinnt, weißt du, Patty.“

„Oh nein“, sagte sie nachlässig, „ich habe mich nur gefragt –“

Mortimer Crabb, der inoffizielle Gastgeber der Veranstaltung, hatte Aurora und McLemore zu sich gewinkt, die sich nun der Party anschlossen. Steve Ventnor erhob sich, als das Mädchen näher kam und sich ihre Blicke trafen. Auroras Augen hatten die Farbe von Lapislazuli, aber die tiefe Bräune ihrer Haut ließ sie um einige Nuancen heller erscheinen. Es waren hübsche Augen, sehr klar und ausdrucksstark, und in wichtigen Momenten wie diesen verbargen ihre langen Wimpern wirkungsvoll, was man in ihren Tiefen hätte lesen können.

„Es tut mir leid, Steve“, sagte sie sanft. „Du hattest nicht genug Übung.“

"Bist du wirklich?" fragte Steve. Er beugte seinen Kopf nach vorne und sagte etwas nur für Auroras Ohren, woraufhin ihre Lider noch weiter sanken und die Enden ihrer Lippen sich sittsam verzogen. Aber sie antwortete nicht und drehte sich offensichtlich erleichtert um, als Crabb einen gastfreundlichen Vorschlag machte.

Patricia verfolgte das Nebenspiel mit Interesse. Sie hatte die Romanze mit gemischten Gefühlen verfolgt, denn es war offensichtlich, dass das Dreieck, das im Frühjahr gleichseitig gewesen war, nun nicht mehr seine frühere Form mehr annahm, was dem armen Steve am schlimmsten zu schaffen machte. Der Grund war klar. Der Sphynx war reich und konnte es sich daher leisten, jeden Tag im Jahr mit Aurora Golf zu spielen, wenn er wollte, während Steve

Ventnor, der seine Tagesstunden damit verbrachte, Anleihen in der Stadt zu verkaufen, das Beste aus seinen Samstag- und Sonntagnachmittagen machen musste. Es war wirklich schade.

Aber der Sphynx lächelte nur sein unhumorvolles Lächeln und spielte während der Woche, in der Ventnor bei der Arbeit war, weiter Golf. Die Nähe hatte einen Schaden angerichtet, den selbst Patricia trotz ihrer Weltlichkeit nicht wiedergutmachen konnte. Aber sie stimmte gut gelaunt in die Trinksprüche auf den neuen Clubmeister ein, der seine Auszeichnungen nachlässig entgegennahm und dabei den Blick auf Jimmy McLemores purpurrote Weste richtete. Diese Weste war ein Teil von Jimmys Golfspiel, ebenso wie seine Tauric- Brille, sein anfängliches Wackeln beim Abschlag oder seine unglaubliche Präzision auf dem Putting-Green. Es faszinierte sie irgendwie, fast bis zur Ausgrenzung der Fröhlichkeit, an der sie zu Recht Anteil hatte.

Der goldene Kelch wurde hervorgebracht und von Hand zu Hand weitergereicht. Als es Patricia erreichte, betrachtete sie es von innen und außen, las in aller Ruhe die Inschrift und reichte es dann achtlos ihrer Nachbarin.

„Keusch und ziemlich teuer“, war ihr Kommentar.

„Oh, ich finde es wunderschön“, sagte Aurora vorwurfsvoll.

„ *Chaque enfant à son gou* „Gut , meine Liebe“, sagte Patricia. „Weißt du, Aurora, ich habe Golfpreise nie gutgeheißen – vor allem nicht die wertvollen. Schließlich ist Golf nur ein Spiel – keine Religion. In diesem Club ist es üblich, einen Golfpokal mit dem gleichen Blick zu betrachten, den man einem möglichen Platz im Paradies widmet.“

Sogar Steve Ventnor hielt Patricias Bemerkungen für geschmacklos.

„Wenn Jimmy das Spiel des Lebens so spielt, wie er heute Golf gespielt hat“, lachte er, „wird er einen Heiligenschein von achtzehn Karat haben, und kein Zweifel.“

„Patty!“ rief Miss North vorwurfsvoll aus. „Du weißt, dass du kein Wort glaubst, das du sagst. Sie lieben Golfpreise. Warum Sie immer den Bachelor-Pokal verleihen und dieses Jahr den Pokal für die „Affinity Foursomes“ überreicht haben. Außerdem hast du selbst mindestens drei Preise gewonnen.“

„Ich habe mich gebessert“, sagte Patricia entschieden. „Ich habe die Geduld mit Golf verloren. Ich habe kein Interesse an einem Spiel, bei dem alle menschlichen Eigenschaften eliminiert werden müssen.“

"Wovon in aller Welt sprichtst du?"

„Man kann nicht ganz menschlich sein und gut Golf spielen, das ist alles“, verkündete sie.

„Das ist hart für McLemore“, lachte Mortimer.

„Es ist menschlich, gereizt zu sein, menschlich, wütend zu sein, menschlich, nervös zu sein, menschlich, Fehler zu machen. Ich habe keine Geduld mit Leuten, die nicht die Beherrschung verlieren können.“

„Wenn du mich weiterhin beschimpfst, verliere ich meins“, sagte die Sphynx freundlich.

„Das konntest du nicht, Jimmy“, sagte Patricia nüchtern. „Jeder, der in elf Spielen aus zwei Bunkern heraus den zehnten, elften und zwölften Platz schafft, wird in dieser Welt – und auch sonst nichts – nie die Beherrschung verlieren“, fügte sie sotto *voce hinzu* .

„Dann wird es keinen Bachelor-Pokal mehr geben?“

„Nicht, wenn ich es verhindern kann. Zumindest nicht für das Ancient and Honourable Game, wie wir es jetzt spielen. Der Bachelors' Cup wird diesen Herbst landesweit ausgetragen.“ Die Mitglieder der Gruppe untersuchten sie, als ob sie glaubten, sie sei plötzlich ihrer Sinne beraubt worden – alle außer ihrem Mann, der wusste, dass man durch die Überraschung über Patty wertvolle Energie verschwendete, aber selbst Mortimer war ein wenig neugierig.

"Durch das Land!" Sie fragten.

"Genau. Ich werde dem Spiel ein echtes sportliches Interesse verleihen, die Möglichkeiten des Niblick weiterentwickeln, das bloß Mechanische beseitigen und ein stärkeres Element des Zufalls einführen. Der Kurs wird wie ein „Drag“ angelegt sein.“

„Mit einem Anis-Samenbeutel?“ fragte Crabb.

Patricia warf ihrem Mann einen Blick zu. „Mit Papierfetzen“, beteuerte sie bestimmt. „Die Strecke wird vier Meilen lang sein und über gutes Jagdgebiet führen.“

„Das kann nicht so gemeint sein“, sagte McLemore.

"Ich tue. Es ist durchaus machbar.“

"Ja aber--"

„Das ist ein gutes sportliches Angebot“, sagte Aurora North, deren Interesse plötzlich geweckt wurde. "Warum nicht?"

Ventnor und McLemore lächelten nur amüsiert, wie echte Golfer.

„ Oh, ihr könnt lachen, ihr zwei. Warum probieren Sie es nicht einmal aus? Um es interessant zu machen, biete ich einen Pokal für den Vereinsmeister und den Zweitplatzierten an. Es wird eine hübsche Tasse sein – und Aurora und ich werden es schaffen.“

„Gerne“, lachte Aurora.

Damit hörte die Sache auf. Es war natürlich ein Witz, und beide Männer erkannten es, aber jeder Witz, an dem Aurora North beteiligt war, war für sie der Witz. Es verging eine Woche, bis Patricia ihre Pläne vollendete, und in der Zwischenzeit hatten alle ihren erstaunlichen Vorschlag völlig vergessen. Daher waren McLemore und Ventnor überrascht und nicht wenig amüsiert, als sie die zierliche Mitteilung in Patricias Handschrift erhielten, die ihnen mitteilte, dass das Cross Country Match am folgenden Donnerstagnachmittag um zwei Uhr ausgetragen würde. Jimmy McLemore lächelte über ein Foto auf dem Schreibtisch in seiner Bibliothek, aber später am Tag, nach einem Telefongespräch mit Aurora, holte er ein Mashie und ein schweres Mid-Iron aus seiner Tasche und ging auf seine eigene Kuhweide hinaus üben. Steve Ventnor drehte in seinem Büro in der Stadt den Zettel zwischen seinen Fingern hin und her und runzelte die Stirn. Donnerstag war sein arbeitsreichster Tag, aber ihm wurde klar, dass er sein Versprechen gehalten hatte und dass er es tun musste, wenn McLemore spielen würde . Es war eine sehr dumme Angelegenheit. Mehrere Dinge stellten ihn jedoch vor ein Rätsel. Was meinte Patricia zum Beispiel mit den absurden Zeilen am Ende seiner Einladung? „Aurora wird für dich Caddy sein; und trage keine purpurrote Weste – damit ist nichts gewonnen.“

Auf einem beiliegenden Zettel standen die *örtlichen Regeln* :

(1) Der erste Ball und jeder vierte Ball danach dürfen von einem Gummi-Tee gespielt werden.

(2) Ein Ball im „gelegentlichen“ Wasser darf straflos hochgehoben und fallen gelassen werden.

(3) Fließende Bäche, Teiche, Felsen, Zäune usw. sind Naturgefahren und müssen als solche überspielt werden.

(4) Ein verlorener Ball bedeutet den Verlust eines Schlages, jedoch nicht der Distanz. Ein Ball darf innerhalb von 25 Yards von der Stelle, an der der Ball verschwunden ist, fallen gelassen werden.

(5) *Das Spiel muss* innerhalb von vier Stunden beendet sein. Der Teilnehmer, der aus irgendeinem Grund nicht ins Ziel kommt, verliert den Kampf.

Steve Ventnor lächelte beim Lesen, aber trotz seines Golfsinns, der mit keinem anderen Sinn auf der Welt zu vergleichen ist, spürte er, wie er sich langsam für das Projekt erwärmte. Er würde natürlich gehen – denn Aurora sollte für ihn als Caddie auftreten.

KAPITEL XX

Sogar Mortimer Crabb war von diesem bezaubernden Mittagessen zu viert ausgeschlossen. Es war sehr ungezwungen und die Heiterkeit auf Patricias Kosten groß, aber trotz alledem lächelte sie ruhig über ihre Skepsis – so wie Kolumbus in Salamanca gelächelt haben muss, wenn er jemals gelächelt hat, oder Newton oder Edison oder irgendein anderer der großen Erneuerer der Welt .

„Cross-Country-Golf", behauptete sie weiterhin stolz, „ist der Golf der neuen Ära."

„Ist das wirklich mein Ernst, Patty?" fragte Aurora ernst, als die Männer nach oben gegangen waren, um sich umzuziehen.

„ Natürlich tue ich das, Aurora. Das Ancient and Honourable Game hat seine Grenzen. Beim Cross-Country-Golf gibt es keine. Du wirst sehen, meine Liebe, in zehn Jahren werden sie Distanzspiele zwischen New York und Philadelphia spielen – die wenigsten Schläge in kürzester Zeit – das *wird* ein Spiel sein."

„Und wer bezahlt die verlorenen Bälle?" fragte Aurora lachend.

„Das, Aurora", antwortete Patricia mit einem Anflug von Würde, „ist etwas, das mich im Entferntesten beschäftigt."

Die Männer kamen für den Kampf gekleidet mit einem breiten Grinsen die Treppe herunter, und nachdem Patricia einen Blick auf McLemores rote Weste geworfen hatte, nahm sie mit sachlicher Miene seine Golftasche und ging voran zur Terrasse. Der Sphynx blinzelte durch seine taurische Brille auf ihren reaktionslosen Rücken, der sich in der Tür abzeichnete, aber als Aurora Steves Tasche genommen hatte, folgte er ihm demütig und unterwarf sich dem Unvermeidlichen. Draußen deutete Patricia auf einen Spalt in der Ahornreihe, die ihren Gemüsegarten säumte, und durch den man den braunen Schwung der Wiese dahinter sehen konnte.

„Die Fahrt geht da durch. Sie erhalten die Richtungsmarkierungen für Ihren zweiten. Die Entfernung beträgt vier Meilen. Das Ziel ist auf Auroras Rasen – dem Putting-Green in der Nähe des hinteren Portikus des Hauses. Fahren Sie los, meine Herren."

Die Ehre gebührte Mr. McLemore. Mit einem traurigen Lächeln, halb aus Mitleid und halb aus Protest gegen seine empörte Golf-Würde, nahm er Patricia seine Tasche ab, und mit einer Genügsamkeit, die ihm zur Ehre gereichte, drehte er die Tasche auf dem Rasen um, wobei ein Haufen alter Bälle herausfiel er hatte für Übungsschläge gespart. Er wählte ein halbes Dutzend aus, stopfte fünf davon in seine Taschen, steckte die neueren in seine Tasche zurück und missachtete das Gummi-T-Shirt, das Patricia ihm anbot, ließ einen Ball über seine Schulter fallen und nahm seinen Cleek aus der Tasche. Jeder Auftritt war sportlich – ein schöner Ausdruck des Golfgeists.

Die Fahrt ging geradeaus – und sie sahen, wie es kokett die Wiese dahinter hinaufhüpfte. Steve holte mit einer Großzügigkeit, die nur die Armut kennt, einen neuen Ball hervor, nahm den Gummiabschlag und stieg mit seinem Driver von einem langen, niedrigen Abschlag ab, der über die Büsche hinwegflog und über der Kuppe des Hügels verschwand.

„Eine neue Golf-Ära hat begonnen", sagte Patricia mit der Miene einer Prophetin.

„Wenn ich jemals meinen Ball finde", sagte Ventnor zweifelnd.

„Was kümmert es dich, Steve, solange du Geschichte schreibst?" lachte Aurora mit einem schlauen Blick auf ihre Gastgeberin.

Unbeirrt ging Patricia voran durch eine Lücke in der Hecke hinaus ins Sonnenlicht, wo sie einen purpurroten Sonnenschirm aufstellte, den noch niemand bemerkt hatte.

„Mein Teint", erklärte sie Aurora. „Man kann nicht vorsichtig genug sein, wenn man – ähm – dreißig wird. Außerdem passt es einfach zu Jimmys Weste."

Das Gras auf der Weide war kurz und McLemore spielte seinen Brassey – sein Caddie erklärte ihm den Boden auf der anderen Seite, der sanft zu einem Bach abfiel, den er nicht erreichen konnte.

„Das habe ich geschafft", sagte McLemore und ging seiner Aufgabe nach. „Es läuft gar nicht so schlecht."

Patricia lächelte dankbar, antwortete aber nicht, denn Steve befand sich ein Stück weiter in einem Loch und musste mit einem Mashie ausspielen, was er mit vollendetem Geschick tat, wobei der Ball dreißig Meter vor McLemores den Hügel hinunterrollte.

Von der Hügelkuppe aus konnten sie leicht die Linie der Schnitzeljagd erkennen, die Patricia gestern gelegt hatte, als sie über die Strecke ritt. Es erstreckte sich über das untere Ende der Renwick-Wiesen entlang der Straße, überquerte zwei Bäche, war von Weiden gesäumt und führte direkt zum Steinbruch von Waterman. Ventnor spielte vorsichtig ein Mitteleisen, das den Bach überquerte und vorwärts auf die Wiese dahinter sprang; aber McLemore übertraf sich bei dem Versuch, Distanz zu gewinnen, und fand den Bach, wobei er seinen Ball und zwei Schläge verlor; aber er legte auf, nachdem er fünf gespielt und sechs weit unten auf der Wiese in Trageweite des zweiten Baches gelegt hatte. Aber Steve, der stetig spielte, überholte ihn mit seinem vierten, einem weiten Cleek-Schuss, der knapp am Strom vorbeiging.

Hinter dem Bach befand sich der Hügel zum Steinbruch, drei Schüsse für McLemore, zwei lange Schüsse für Ventnor. Mit ausgezeichnetem Urteilsvermögen spielte McLemore mit einem mittleren Eisen sicher über den Bach und erreichte mit zwei weiteren Schlägen den Rand des Steinbruchs, was ihm die Chance gab, auf dem langen Schlag über den Bach seinen neunten Abschlag zu erzielen. Steve Ventnor hatte weniger Glück und dribbelte seinen sechsten Ball den Hügel hinauf, fünfzig Meter vor dem Steinbruch, in den er leider mit einem langen Cleek-Schuss hineinfuhr. Er wartete darauf, zu sehen, wie der Sphynx seinen Ball sorgfältig abschlug und ihn geradewegs den von Patricia angezeigten Kurs hinunterschickte, und dann nahm er die Tasche aus seinem Caddy und half ihr auf den Weg, der im Zickzack zu der Stelle hinabführte, wo sein Ball 30 Meter tiefer lag.

Patricia und die Sphynx hatten den kürzeren Weg durch den Wald am oberen Ende gewählt und Steve und Aurora waren allein.

Am Fuße des Abhangs hinter einer vorspringenden Felsspitze blieb Steve stehen und blickte seinen Begleiter an.

„Aurora", sagte er.

„Ja, Steve."

„Stimmt es, dass du McLemore heiraten wirst?"

Aurora pflückte eine Blume, die auf einem Felsvorsprung neben ihr wuchs, bevor sie antwortete.

"Warum fragst du?"

„Ich dachte, ich würde es gerne wissen, das ist alles. Die Leute sagen, du bist –"

„ Das habe *ich* nicht gesagt."

„Dann", eifrig, „bist du es nicht?"

„Ich verstehe nicht, welches Recht Sie haben, zu fragen."

„Das habe ich nicht – ich dachte nur, ich möchte der Erste sein, der ihm gratuliert."

„Oh, ist das alles?"

„Und ich dachte, ich möchte dir noch einmal sagen, dass ich dich mehr liebe, als es irgendjemand könnte – und dass ich es immer tun werde, selbst wenn du ihn heiratest. Er ist ein sehr netter Kerl, aber – aber ich werde sehr unglücklich sein –"

"Wirst du? Ich glaube es nicht."

"Warum sagst du das?"

„Weil du zu cool darin bist. Man würde ihn nicht für einen so netten Kerl halten, wenn man eifersüchtig auf ihn wäre. Warum hast du diesen Sommer nicht mehr mit mir gespielt?"

„Ich musste arbeiten – das weißt du. Was ist der Nutzen--"

„Wenn du mich so liebst, wie du es sagst, verstehe ich nicht, wie du so cool sein könntest – uns zusammen zu sehen –"

„Vielleicht war ich nicht so cool, wie ich aussah. Schau mal, Aurora, so darfst du nicht reden." Er hatte sich umgedreht und bevor sie ihm entkommen konnte, hatte er sie in seine Arme genommen und küsste sie. „Sag nicht, dass ich cool bin. Ich liebe dich, Aurora, mit jedem Gramm, das in mir steckt. Ich will dich mehr, als ich jemals wieder etwas auf dieser oder der nächsten Welt wollen kann. Ich werde nicht zulassen, dass du diesen Kerl oder irgendjemanden anderen heiratest – verstehst du?"

Sie hatte seiner Wärme für einen Moment nachgegeben, weil es scheinbar nichts anderes zu tun gab. Aber als sie sich langsam von seinen Armen löste und ihn ansah, waren ihre Augen feucht und die Farbe flammte durch ihre Bräune.

„Steve!" sie stammelte. „ Steve! – wie konntest du?"

Aber er stand ihr immer noch leidenschaftlich und unerschrocken gegenüber. „Das stimmt", sagte er heiser. „Ich liebe dich – du kannst ihn nicht heiraten – ich werde dich nicht zulassen –"

Er machte einen Schritt nach vorne, aber dieses Mal wich sie zurück.

„Tu es nicht, Steve – nicht schon wieder – nicht jetzt – das darfst du nicht. Sie werden dort gleich ans Tageslicht kommen. Danach werde ich nie wieder sagen, dass du cool bist – nie wieder. Du bist nicht cool – nicht im Geringsten – ich habe mich geirrt. Ich habe dich noch nie so gesehen – du bist anders – –"

„Du hast mich dazu gezwungen. Ich konnte es nicht ertragen, dass du sagtest, es sei mir egal. Es tut mir nicht leid", fuhr er fort, „er konnte dich nicht so lieben, wie ich es tue."

„Ich denke, vielleicht hast du recht“, sagte Aurora kühl. "In der Zwischenzeit--"

„Gibst du mir keine Antwort?“

„In der Zwischenzeit“, fuhr sie fort und kämmte ihr zerzaustes Haar, „ sollten Sie eigentlich Golf der Neuen Ära spielen –“

„„ Sie sollen das Golf der neuen Ära spielen. '“

„Aurora –“

„Nein“, sie hatte seine Golftasche genommen und ging weg.

„Willst du mir nicht antworten?" er flehte.

„Holen Sie Ihren Ball aus diesem Steinbruch", sagte sie unerbittlich, „und ich werde darüber nachdenken."

Steve Ventnor brauchte dreizehn Schläge, um aus diesem Stein herauszuspielen, was für einen Mann mit einer Bilanz von zweiundsiebzig bei Apawomeck „durchaus gut" war. Den ersten Schlag verfehlte er sauber; das zweite schnitt er in eine Lehmbank; Sein Dritter prallte gegen die Felsen, prallte gegen die Wand hinter ihm und fand schließlich in einigen Büschen Unterschlupf, wo er drei weitere mitnahm. Um die Sache noch schlimmer zu machen, lachte Aurora ihn hysterisch und hemmungslos aus, und Patricia und die Sphynx, die oben auf dem Weg aufgetaucht waren, stimmten in die Heiterkeit ein.

„Oh, ich werde heben", knurrte er schließlich.

„Das geht nicht", lachte Aurora. "Es ist gegen die Regeln." Und Patricia legte Berufung ein, bestätigte die Aussage.

Drei weitere Schläge vollführte er, jeder von ihnen in unmöglichen Lügen, wobei der letzte seinen Niblick zerschmetterte. Danach folgte eine Zeit seltsamer Ruhe – der Verzweiflung, während er seinen Ball auf der anderen Seite des Steinbruchs gut liegen ließ, von wo aus er ihn mit einem feinen Mashie-Schuss über die Klippen und ins Freie dahinter schleuderte.

Steve Ventnor quälte sich müde hinter seinem Caddy den Hügel hinauf und kämpfte um seine verlorene Fassung. Er holte Aurora auf halber Höhe ein, nahm ihr die Golftasche von der Schulter und sah sie wieder an.

„Willst du mir nicht antworten, Aurora?" flehte er atemlos.

„Nein, das werde ich nicht", sagte sie ruhig. „Du hast – schrecklich – im Gebüsch geflucht."

„Das habe ich nicht."

„Ich habe dich gehört", fest. „Ich werde niemals einen Mann heiraten, der flucht", und sie beeilte sich weiter. Als sich Ventnor zu den anderen gesellte, fand er Patricia auf einem Felsen sitzend vor, auf dem die Partitur stand, die im Moment lautete: Ventnor – 20; McLemore – 9.

„Wie gefällt es dir, Steve?" fragte Patricia, die immer noch darüber nachdachte.

„Oh, es ist großartig!" sagte Steve ironisch und hielt seinen zerschmetterten Niblick hoch. „Ich mag Granit, er ist so schwammig."

„Ich fürchte, du bist schlecht gelaunt, Steve."

Aber Ventnor hatte seine Pfeife hervorgeholt, sie angezündet und bewegte sich nun beharrlich auf seinen Ball zu.

Bei seinem nächsten Volley war ihm das Glück zugute, denn er spielte zwei mittlere Eisen den Hügel hinunter und erreichte sicher die ebene Wiese darunter, während McLemore seinen zweiten in eine Reihe heißer Frames schnitt, wo ein empörter Gärtner und zwei Hunde einen interessanten mentalen Beitrag leisteten Gefahr. Aber die Sphynx gab dem Bauern einen Dollar als Gegenleistung für verletzte Gefühle und Glas, und das Match ging weiter. Über dem Bach lag McLemore als Dreizehner, nachdem er seinen Schlag in den Bach „abgeschossen" hatte , spielte aber stetig weiter und erreichte dann die Spitze des langen Hügels vor ihnen, sicher in vier weiteren; während Ventnor seinen Ball im Gebüsch verlor und nun fünfundzwanzig spielte.

KAPITEL XXI

Von da an änderte sich das Glück und auf der Stockbridge-Farm lag die Bilanz bei McLemore, 21; Ventnor, 30. Es schien ein schwer zu überwindender Vorsprung zu sein, denn der Sphynx spielte gerade mit einem mittleren Eisen, während Steve, dessen einzige Hoffnung darin bestand, Abstand zu gewinnen, zweimal in raues Gras gezogen war, was ihn verlorene Bälle und zusätzliche Schläge kostete . Das Wunder war, wie er überhaupt spielte, denn Aurora hatte sich in den letzten zwanzig Minuten dreimal geweigert, ihn zu heiraten. Das Ergebnis war unvermeidlich, und so ging er, wie der Mann in dem Sprichwort, nach 38 Schlägen „in die Luft", verfehlte einen Schlag nach dem anderen und gab jeglichen Anspruch auf Beachtung auf. Er spielte nur weiter, weil das Schicksal es zu fordern schien von ihm.

Am Zaun von Van Westervelt stiegen beide Männer „gut" ab, landeten gut in der Mitte der Weide und waren mit ihren Caddies dicht hinter ihnen auf das Feld vorgedrungen, als sie aus dem Schutz einer Baumgruppe am Bach zu ihnen kamen Links tauchte ein Schatten auf. Aurora sah es zuerst.

„Es ist ein Bulle", sagte sie.

„Nein, es ist nur eine Kuh", wagte die Sphynx, deren Stierbrille weder an Entfernungen noch an Bullen angepasst war.

„Ich bin sicher, es ist ein Bulle", wiederholte Aurora.

Steve warf einen Blick über die Schulter auf das Biest und holte dann einen Brassey aus seiner Tasche.

„Er wird uns nicht stören", murmelte er. Aber das Tier näherte sich majestätisch, hielt ab und zu inne, scharrte mit den Vorderhufen im Boden und warf eine Staubwolke über seinen Rücken.

„Es ist dein Sonnenschirm, Patty", sagte Aurora.

„Oder Jimmys Weste", warf Patricia ein.

„Du solltest besser davonlaufen, du und Aurora", sagte Ventnor. „Sie können den Zaun leicht bauen."

"Und du?"

„Ich werde diesen Schlag spielen. Das ist die schönste Lüge, die ich den ganzen Tag hatte."

„Komm, Aurora", sagte Patricia und nahm ihre Tasche. „Es gibt keine Zeit zu verlieren. Er kommt wirklich hierher", und sie nahm ihre Golftasche und ihre Röcke und rannte los. Der Sphynx hingegen, der immer noch sein Mitteleisen in der Hand hielt, war unentschlossen. Sein Ball war zwanzig Meter weiter entfernt, und sein Blick wanderte unruhig vom Stier zu einem alten Apfelbaum in greifbarer Entfernung. Zu diesem Zeitpunkt hatten die Frauen einen geeigneten Treppenübertritt erreicht und saßen schreiend darauf.

„Lauf, Steve!" Sie weinten. "Er kommt!"

Ventnor, der seinen Ball ansprach, blickte kurz auf und schlug dann zu. Es war der schönste Schlag, den er den ganzen Tag über gemacht hatte, denn der Ball startete mit einer niedrigen Flugbahn und flog immer weiter, überquerte den Zaun auf der anderen Seite des Spielfelds, überquerte den Zaun auf der anderen Seite des Spielfelds, eine Entfernung von zweihundert Metern, und landete auf der nächsten Wiese. Dann drehte er sich mit der Keule in der Hand um und blickte auf den Stier, der jetzt zwanzig Schritte entfernt stand und sie bösartig beäugte. Für einen Sprint zum Zaun war es zu spät, und wie McLemore beäugte Steve wehmütig den Apfelbaum. Aber er schwang mannhaft sein Messinggewehr und bereitete sich darauf vor, zur Seite zu springen, falls der Stier den Kopf senkte und auf ihn zustürmte. In diesem Moment beschloss Jimmy McLemore, bleich wie ein Laken, zu fliehen. Jimmys rote Weste entschied die Sache, und das Tier verachtete Ventnor mit einem Gebrüll, das Jimmys Füßen Flügel verlieh, senkte seinen dicken Kopf und stürmte los, wobei er wie ein Tornado unter dem Ast vorbeizog, zu dem McLemore in Sicherheit geflohen war. Steve Ventnor vergaß seine Angst und stand, auf seinen Schläger gelehnt, brüllend vor Lachen da, denn die Würde der Sphynx war für ihn schon immer etwas Furchtbares und Wundervolles gewesen. Er hörte die Stimmen der Frauen hinter sich, die ihn anflehten, wegzulaufen, aber in seinem Herzen fasste Steve Ventnor den festen Entschluss, nicht wegzulaufen. Er hatte keine Würde wie Jimmy zu verlieren, aber das Spektakel, das Jimmy bot, entschied ihn. Es erforderte einige Geisteskraft, sein Tempo zu mäßigen, als er Patricias roten Sonnenschirm aufhob und auf den Zaun zuging. Der Stier ließ sich jedoch nicht ablenken und scharrte mit den Pfoten auf dem Boden unter dem Apfelbaum, brüllte nach den Sohlen der Sphynx-Stiefel und verwüstete das schöne Campbell-Mitteleisen, das das Einzige von Jimmy war, das er konnte berühren.

Die Frauen auf dem Zaunpfosten lachten, Patricia offen und unkontrolliert, Aurora nervös und blickte Steve an, als er mit einer seltsamen kleinen, ängstlichen Falte zwischen ihren Augenbrauen auftauchte.

„Ich habe keine Geduld mit dir", sagte sie. „Du könntest zu Tode aufgespießt worden sein."

Ventnor lachte immer noch. „Ich habe Jimmy noch nie rennen sehen“, sagte er. „Wir müssen ihn irgendwie da rausholen. Ich denke, ich werde es mit Patricias Sonnenschirm versuchen.“

Aber Patricia riss es ihm schnell aus der Hand. Ihr kleines Drama war weitaus schöner verlaufen, als sie es sich jemals erhofft hatte, und sie hatte nicht vor, es jetzt ruinieren zu lassen.

„Nichts dergleichen“, rief sie. „Sie können mit Ihrer eigenen Haut machen, was Sie wollen, aber das ist ein perfekter französischer Sonnenschirm, und er gehört mir.“ Und sie hat es hinter ihren Rücken gelegt.

Währenddessen bewarf die Sphynx das Tier unter sich mit Äpfeln und schrie Verfluchungen, die beide vom undurchdringlichen Rücken des Tieres rollten, während es wütend um den Baum kreiste, auf den er unbedingt klettern wollte. Von der Tragikomödie war die Szene zur größten Posse verkommen.

„Es ist, als würde Sothern die Rolle von Georgie Cohan spielen“, kommentierte Patricia süß. „Ist er geeignet, den ganzen Tag dort zu sein?“

„Es sieht so aus“, sagte Aurora und kämpfte zwischen Angst und Lachen. „Wir sollten wirklich etwas tun.“

Aber Patricia hatte es sich bequem auf dem oberen Zaungeländer gemütlich gemacht. Die Dinge liefen sehr nach ihrem Geschmack.

"Was?" Sie fragte.

„ Erzähl es jemandem. Da kommt gerade ein Wagen hierher.“

„Aber wie wäre es mit dem Cross-Country-Cup?“ schaute auf ihre Uhr. „Es bleiben nur noch anderthalb Stunden bis zum Ende.“

„Aber wir können ihn nicht dort oben lassen“, sagte Steve ernster. „Dieser Bulle wird da sein, bis – bis die Kühe nach Hause kommen.“

„Jimmy ist vollkommen sicher“, sagte Patricia, „es sei denn, er schläft ein und fällt heraus; und er kann nicht verhungern, wenn er nicht alle Äpfel nach dem Stier wirft.“

„Patty, du bist herzlos“, sagte Aurora, aber sie lachte, als sie es sagte.

Der Bauer, der im Wagen vorbeikam, erfasste die Situation auf einen Blick und stimmte schließlich lachend lauter als alle anderen zu, zum Scheunenhof zu fahren und es dem Bauern zu sagen.

„Es wird nichts nützen“, sagte er weise. „Dieser Bulle wird nicht zurückkehren, bis er den Kühen zur Melkzeit folgt. Er könnte vorher aufhören – ich weiß nicht . Ich werde aber tun, was ich kann.“ Und mit lakonischem Gezwitscher machte er sich auf den Weg in Richtung des Hofes der Van Westervelts .

Die Dreiergruppe folgte ihm mit den Augen, bis er in einer Staubwolke verschwunden war, und untersuchte dann den Apfelbaum, an dem die Beine der Sphynx hoffnungslos baumelten. Der Rest von ihm war zwischen den Blättern versteckt.

„Bis die Kühe nach Hause kommen", sagte Patricia feierlich und als sie einander in die Augen sahen, brachen alle drei in schamloses Gelächter aus. Und mit diesem Lachen wurde die Freimaurerei gegründet. Es war deutlich in Auroras Augen zu lesen. Der Verlust von Jimmys Würde war für ihr eigenes Gefühl der Ernsthaftigkeit zu viel gewesen.

Patricia hatte inzwischen ihre Uhr hervorgeholt. „Das, meine lieben Kinder", sagte sie und zeigte mit einer feinen Geste auf den Apfelbaum der Sphynx, „ist eine der Gefahren des neuen Golfspiels. Es sind nur noch anderthalb Stunden bis zum Ende. Spielt das Spiel, ihr zwei, ich muss warten."

„Das wäre nicht das Sportliche", sagte Steve und kämpfte mit dem Wunsch zu gehorchen.

„Ich würde gerne wissen, wer die Regeln eines Spiels genauso gut beurteilen kann wie sein Erfinder", sagte Patricia. „Habe ich recht, Aurora?"

Aurora fingerte gerade am Riemen von Ventnors Golftasche. „Ja", entschied sie, „wie Patricia sagt, es ist im Spiel."

Steve warf ihr einen schnellen, freudigen Blick zu, aber ihr Kopf war gesenkt, und sie war bereits die Stufen des Zauntritts hinunter und ging die Straße entlang in Richtung der angrenzenden Wiese. Für den Bruchteil einer drahtlosen Telegrafie trafen Ventnors Blicke auf Patricias Blick, woraufhin Steve die Stufen hinunterstürzte und seinem Caddy folgte.

Das Satteldach von Augustus Norths Haus war kaum eine halbe Meile entfernt über den Bäumen zu sehen, aber die Schnitzeljagd führte über verschlungene, abgelegene Wege dorthin, denen Steve Ventnor und sein Caddy gewissenhaft folgten. Unterwegs blieben sie oft im Schatten der Bäume stehen, und es blieben nur ein paar Minuten Zeit, als Steve seinen Putt hinlegte. Für die letzten neunhundert Meter in einer Stunde und vierzig Minuten hatte er nur einhundertdrei Schüsse gebraucht. Sein Caddy zählte sie; was nur bewies, dass sie eine gewissenhafte Person war, denn unter den gegebenen Umständen war die Buchhaltung eine schwierige Angelegenheit.

Patricia saß lächelnd und geduldig auf ihrem Holm und wartete, „bis die Kühe nach Hause kamen", während Mortimer Crabb, der telefonisch über die Katastrophe informiert worden war, vorfuhr, um sich das letzte Kapitel im Untergang von Jimmy McLemore anzusehen. Denn der Bauer kam und befreite ihn mit großer Mühe von seinem gefährlichen Posten. Die Crabbs fuhren McLemore mit ihrem Auto zu seinem Haus und rannten dann rüber in die Norths, um zu hören, wie das Cross-Country-Match ausgegangen war. Das glückliche Paar traf sie an der Treppe.

„Der Ball ist im Loch, Patty, Liebes", sagte Steve Ventnor. „Gewinne ich den Pokal?"

„Das tun Sie", sagte Patricia und schaute auf ihre Uhr, „um dreieinhalb Stunden. Und es ist eine liebevolle Tasse, Steve, mit Amoretten und anderen Dingen, ich habe sie speziell für dich und Aurora anfertigen lassen."

Aurora küsste Patricia voller Begeisterung.

„Woher wusstest du, Patty, dass es Steve sein sollte?"

„Das Einfachste, was man sich vorstellen kann! Weil Steve der bezauberndste Junge ist, der jemals geboren wurde, abgesehen von Mort – und dann, weißt du, Aurora – hättest du Jimmy nicht heiraten können!"

„Das stimmt", sagte Aurora und dachte an Jimmys Beine im Apfelbaum, „ich konnte es wirklich nicht."

Crabbs zurückzukehren , also reisten die Makers of Opportunities alleine ab. Mortimer fuhr langsam durch die zunehmende Dämmerung und Patricia saß schweigend da.

„Bist du glücklich, Patty?" fragte er schließlich.

„Nein, natürlich nicht", sagte Patricia und kniff ihm ins Ohr, „du weißt, dass ich nie glücklich mit dir bin, Mort."

„Haben Sie es nicht langsam satt, die Welt in Ordnung zu bringen?"

"Oh ja. Aber junge Leute provozieren *so* sehr. Sie können sich nie eine eigene Meinung bilden, und Sie wissen, dass es *jemand* für sie tun muss."

„Haben Sie sich noch nie gefragt, wie die Welt ohne Sie auskommen würde?"

„Nein, aber manchmal habe ich mich gefragt, wie du es machen würdest."

"ICH? Ah! Ich würde überhaupt nicht weitermachen. Und doch wissen Sie, dass es eine Verantwortung mit sich bringt, mit einer Dea ex Machina verheiratet zu sein ."

"Was bitte?"

„Die Maschinerie kann auslaufen."

"Und dann?"

„Die Göttin könnte im Graben enden."

„Mort!"

„Oder du bekommst eine Pleite – du warst kurz davor, Patty."

„Das habe ich nicht getan, Mort – niemals."

"Wie wäre es mit--?"

Er wollte John Doe sagen, aber sie legte ihre Finger auf seine Lippen, sodass er nur murmelte.

„Nein, Mort – ich bin eine umsichtige Göttin – ein außergewöhnlicher Chauffeur ."

„Da bin ich mir sicher, aber –"

"Aber was?"

„Kein Auto kann so lange aus der Garage kommen."

„Du bist ein dummer alter Kerl." Sie seufzte angenehm und lehnte ihren Kopf an seine Schulter. Einen Moment später sprach sie erneut. „Ich denke aber, dass du völlig recht hast, Mort."

„Sind Sie es nicht leid, anderen Menschen Chancen zu bieten?"

Sie gab ein Geräusch von sich, das er verstand.

„Das bin ich, ein bisschen, weißt du, Patty", fügte er hinzu. Der Motor schnurrte sanft, als er von einer Landstraße auf die Autobahn glitt.

„Was halten Sie davon, wenn wir anfangen, uns gegenseitig Möglichkeiten zu bieten?"

Sie begann mit einem Lachen.

„Daran habe ich nie gedacht", sagte sie. „Wann fangen wir an?"

„Sofort, Patty. Wenn du mir die Gelegenheit gibst", und er küsste sie, „werde ich ihr Dieb sein."

Aber sie hat ihn sofort gefangen genommen.

DAS ENDE.